O. Mandelstam

Ossip Mandelstam: 1891 in Warschau in jüdischer Familie geboren (christliche Taufe 1911); Kindheit und Jugend in St. Petersburg; 1907 erste Gedichtpublikation; Studium der Philologie und Philosophie in Paris, Heidelberg und St. Petersburg; seit 1910/11 Abgrenzung gegen Symbolismus und Futurismus; zusammen mit Anna Achmatowa, Nikolai Gumiljow u. a. in der „Dichterzeche" Bekenntnis zum Akmeismus; 1913 erster Gedichtband: „Der Stein", von da an auch Essays und Übersetzungen; 1918 Moskau (Arbeit bei Lunatscharski); seit 1919 Aufenthalte im Süden: Ukraine, Krim, Georgien (auf der Suche nach Arbeit und Brot); 1922 Heirat mit Nadeshda Chasina; in Berlin erscheint der Gedichtband „Tristia"; 1925 Zarskoje Selo; keine Gedichte bis Herbst 1930; Prosa: „Das Rauschen der Zeit"; Kinderbücher; 1928 letzte Buchveröffentlichungen zu Lebzeiten: Gedichte 1908–1925, Prosa: „Die ägyptische Briefmarke", Essays: „Über Dichtung"; zunehmende Repressalien, inszenierte Skandale, Angriffe der offiziösen Literaturkritik; 1933 nach jahrelangem Nomadenleben Wohnung in Moskau; Epigramm gegen Stalin; 1934 erste Verhaftung, dreijährige Verbannung nach Woronesh und Kalinin; 1938 erneute Verhaftung und Verurteilung; am 27. Dezember 1938 stirbt Ossip Mandelstam im Durchgangslager Wtoraja Retschka bei Wladiwostok.

VORBEMERKUNG

Die Gedichte dieses Bandes sind ein Fünftel des lyrischen Werks Ossip Mandelstams und bieten Proben aus allen zu Lebzeiten des Dichters erschienenen oder geplanten Sammlungen. Übersetzung und Interpretation zeigen die Schwierigkeiten und den möglichen Gewinn der Mandelstam-Aufnahme. Wie mag der Leser Mandelstam begegnen? Der Dichter wünschte ihn sich als „Gesprächspartner", zu dem der Vers „auf mächtigen Flügeln" fliegt. „Es gibt keine Lyrik ohne Dialog. Das einzige, was uns einem Gesprächspartner in die Arme treibt, ist der Wunsch, über die eigenen Worte zu staunen, sich von ihrem Neuen und Unerwarteten fesseln zu lassen."

Die Dichter bekommen es zu tun mit Mandelstams „Philologismus, der Chemie der Worte", von denen Boris Eichenbaum 1933 sprach. Mandelstam gelinge die abstrakte philosophische Ode, hatte Juri Tynjanow zehn Jahre zuvor gemeint, weil bei ihm, wie Heine von Schiller schrieb, „nüchterne Begriffe ... tanzen wie Bacchanten".

Der Leser lernt ein ganz anderes Dichterleben kennen, als er es bisher aus der russischen Poesie gewöhnt war – Alexander Blok, Wladimir Majakowski, Sergej Jessenin. Während sie die Aufflüge und Stürze ihrer Biographie zum Gegenstand ihrer Poesie machten, strebte Mandelstam nach einer revolutionären Klassizität. Der „häusliche Hellenismus", von dem er sprach, ist ein Versuch, die Aufblähung des Dichterlebens zu beenden. Mandelstam hat nie eine Autobiographie geschrieben, und die einzige Auskunft stellt Biographie in Anführungszeichen und lobt ihren Verlust: „Die Oktoberrevolution mußte meine Arbeit beeinflussen, da sie mir meine ‚Biographie' – das Gefühl persönlicher Bedeutsamkeit – nahm; ich bin ihr dankbar dafür, daß sie ein für allemal Schluß gemacht hat mit geistiger Sichergestelltheit und einem Leben von kultureller Rente" (1929).

Ist es geschichtlich gerechtfertigt, angesichts der beiden Verhaftungen Mandelstams (1934 und 1938), seiner Aussiedlung nach Woronesh (1934–1937) und Kalinin (1937–1938), angesichts seines Selbstmordversuchs in Tscherdyn, seiner Anfälle von Geistesverwirrung und seines Todes bei Wladiwostok diesen unerhörten Abschied für voll zu nehmen? Wendet das tragische Ende die Entschiedenheit des Bruchs nicht zur Farce? Wer Mandelstams Gedichte genau liest, wird eine Unerschrockenheit vor den Konsequenzen des Biographie-Bruchs entdecken, die nirgends seine lebensgefährliche Abruptheit, aber nirgends auch seine weltgeschichtlich eingreifenden Wirkungen unterschlägt. In Woronesh notiert Mandelstam dazu: „Wenn ein Schriftsteller es für seine Pflicht hält, koste es, was es wolle, ‚das Leben tragisch zu sagen‘, aber auf seiner Palette keine tiefen kontrastierenden Farben besitzt, und vor allem das Gefühl für das Gesetz nicht hat, nach dem das Tragische, auf welch kleinem Abschnitt es immer entstehe, sich unweigerlich in ein *allgemeines Bild der Welt* fügt – bringt er nur ‚Halbfabrikate‘ von Schrecken und Borniertheit hervor, Rohmaterial, das Ekel erregt und bei der wohlmeinenden Kritik den zärtlichen Namen ‚Milieu‘ trägt."

Der Bruch mündete in die große Unrast, das Unterwegssein der zwanziger und beginnenden dreißiger Jahre. 1933 schrieb er resümierend: „Die Poesie unterscheidet sich dadurch von automatischer Rede, daß sie uns in der Mitte des Wortes weckt, aufstört. Dann erweist sich das Wort als sehr viel länger, als wir dachten, und wir erinnern uns, daß Sprechen immer Unterwegssein heißt."

Unterwegssein in der Sprache. Unterwegssein in seiner Zeit und in den Zeiten. Unterwegssein mit dem „ungestillten Hunger des Gedankens". Nach seiner ausgedehnten Georgien- und Armenienreise des Jahres 1930 notierte er den Zusammenhang von Reise, Welterkenntnis und poetischer Intention: „Man muß immer reisen, nicht nur nach Armenien und Tadshikistan. Die größte Belohnung für einen Künstler ist, jemanden, der anders denkt und fühlt als er, zur Tat herauszufordern." Mandelstam brachte in die Lyrik der dreißiger Jahre seine Intimität im Umgang mit den Kulturen und Epochen ein, die er gemeint hatte, als er den „synthetischen Dichter der Gegenwart" einen „Verlaine der Kultur" nannte.

Er begriff sich als einen Nachfahren der Rasnotschinzen, jenes vierten Standes des russischen 19. Jahrhunderts, dessen bedeutendste Vertreter, so Tschernyschewski und Dobroljubow, die Revolution geistig und praktisch vorbereiten halfen. „Ein Rasnotschinze braucht keine Erinnerungen", heißt es 1925 in der Prosasammlung „Rauschen der Zeit", „für ihn genügt es, von Büchern zu erzählen, die er gelesen hat – und die Biographie ist fertig." Was darunter für Bücher waren, erfährt man an dieser Stelle: „Erfurter Programm, Propyläen des Marxismus, früh, allzufrüh habt ihr den Geist zur Harmonie erzogen, doch habt ihr mir und vielen anderen bereits in prähistorischen Jahren, wenn das Denken noch nach Einheit und Harmonie dürstet, wenn sich das Rückgrat der Epoche geradereckt, wenn das Herz nötiger als alles andere das rote Blut der Aorta braucht, ein Gefühl für das Leben gegeben! Ist Kautsky etwa Tjutschew? Vermag er denn kosmische Empfindungen zu wecken („nur Spinngeweb wie dünnes Haar blitzt auf der müßigen Furche')? Aber man stelle sich vor, daß für ein bestimmtes Alter und für einen bestimmten Augenblick Kautsky (ich nenne ihn natürlich nur als Beispiel – wenn nicht er, dann Marx und Plechanow mit viel größerem Recht) dasselbe wie Tjutschew ist, das heißt eine Quelle kosmischer Freude, Künder eines starken und harmonischen Weltgefühls, ein sinnendes Schilfrohr und eine über den Abgrund geworfene Decke."

Rasnotschinze war für Mandelstam ein Appellativum, die Bezeichnung einer Souveränität des geschichtlichen Subjekts, das sich nicht als Gefangener verpflichtender Erinnerungen, als machtloses Glied in einer Kette von „Vergeltungen" betätigt. So nannte er im „Gespräch über Dante" (1933), das in der Analyse der „Göttlichen Komödie" Mandelstams Dichtungsbegriff und Poetik zeigt, den Italiener einen „inneren Rasnotschinzen". Im Jahr zuvor erschien ihm Darwin, dessen literarischen Stil er beschrieb, als geistiger Verwandter dieser Russen.

Diese Ausgabe ist eine Einladung an den Leser, einem Dichter zu begegnen, in dem, wie er selbst es vom Poeten des neuen Zeitalters erwartete, die „Ideen, wissenschaftlichen Systeme, Staatstheorien genauso singen wie in seinen Vorgängern Rosen und Nachtigallen".

Der Herausgeber

9

Камень
(1908–1915)

Der Stein
(1908–1915)

Дано мне тело – что мне делать с ним,
Таким единым и таким моим?

За радость тихую дышать и жить
Кого, скажите, мне благодарить?

Я и садовник, я же и цветок,
В темнице мира я не одинок.

На стекла вечности уже легло
Мое дыхание, мое тепло.

Запечатлеется на нем узор,
Неузнаваемый с недавних пор.

Пускай мгновения стекает муть, –
Узора милого не зачеркнуть.

1909

Ни о чем не нужно говорить,
Ничему не следует учить,

И печальна так и хороша
Темная звериная душа:

Ничему не хочет научить,
Не умеет вовсе говорить

И плывет дельфином молодым
По седым пучинам мировым.

1909

Man gab mir einen Körper – wer
Sagt mir, wozu? Er ist nur mein, nur er.

Die stille Freude: atmen dürfen, leben.
Wem sei der Dank dafür gegeben?

Ich soll der Gärtner, soll die Blume sein.
Im Kerker Welt, da bin ich nicht allein.

Das Glas der Ewigkeit – behaucht:
Mein Atem, meine Wärme drauf.

Die Zeichnung auf dem Glas, die Schrift:
Du liest sie nicht, erkennst sie nicht.

Die Trübung, mag sie bald vergehn.
Es bleibt die zarte Zeichnung stehn.

1909   *Deutsch von Paul Celan*

Keine Worte, keinerlei.
Nichts, das es zu lehren gilt.
Sie ist Tier und Dunkelheit,
Sie, die Seele, gramgestillt.

Nicht nach Lehre steht ihr Sinn,
Nicht das Wort ists, was sie sucht.
Jung durchschwimmt sie, ein Delphin,
Weltenschlucht um Weltenschlucht.

1909   *Deutsch von Paul Celan*

SILENTIUM

Она еще не родилась,
Она – и музыка, и слово,
И потому всего живого
Ненарушаемая связь.

Спокойно дышат моря груди,
Но, как безумный, светел день,
И пены бледная сирень
В черно-лазуревом сосуде.

Да обретут мои уста
Первоначальную немоту,
Как кристаллическую ноту,
Что от рождения чиста!

Останься пеной, Афродита,
И, слово, в музыку вернись,
И, сердце, сердца устыдись,
С первоосновой жизни слито!

1910

Слух чуткий парус напрягает,
Расширенный пустеет взор,
И тишину переплывает
Полночных птиц незвучный хор.

Я так же беден, как природа,
И так же прост, как небеса,
И призрачна моя свобода,
Как птиц полночных голоса.

Я вижу месяц бездыханный
И небо мертвенней холста, –
Твой мир, болезненный и странный,
Я принимаю, пустота!

1910

SILENTIUM

Sie ist noch nicht, ist unentstanden,
Musik ist sie und Wort:
So lebt, verknüpft durch ihre Bande,
Was west und atmet, fort.

Im Meer das Atmen, ruhig, immer,
Das Licht durchwächst den Raum;
Aus dem Gefäß, das bläulich schimmert,
Steigt fliederblasser Schaum.

O könnt ich doch, mit meinem Munde,
Solch erstes Schweigen sein,
Ein Ton, kristallen, aus dem Grunde,
Und so geboren: rein.

Bleib, Aphrodite, dieses Schäumen,
Du Wort, geh, bleib Musik.
Des Herzens schäm dich, Herz, das seinem
Beginn und Grund entstieg.

1910   *Deutsch von Paul Celan*

Das horchende, das feingespannte Segel.
Der Blick, geweitet, der sich leert.
Der Chor der mitternächtgen Vögel,
Durchs Schweigen schwimmend, ungehört.

An mir ist nichts, ich gleich dem Himmel,
Ich bin, wie die Natur ist: arm.
So bin ich, frei: wie jene Stimmen
Der Mitternacht, des Vogelschwarms.

Du Himmel, weißestes der Hemden,
Du Mond, entseelt, ich sehe dich.
Und, Leere, deine Welt, die fremde,
Empfang ich, nehme ich!

1910   *Deutsch von Paul Celan*

Как кони медленно ступают,
Как мало в фонарях огня!
Чужие люди, верно, знают,
Куда везут они меня.

А я вверяюсь их заботе.
Мне холодно, я спать хочу.
Подбросило на повороте,
Навстречу звездному лучу.

Горячей головы качанье
И нежный лед руки чужой,
И темных елей очертанья,
Еще невиданные мной.

1911

Воздух пасмурный влажен и гулок.
Хорошо и нестрашно в лесу.
Легкий крест одиноких прогулок
Я покорно опять понесу.

И опять к равнодушной отчизне
Дикой уткой взовьется упрек, –
Я участвую в сумрачной жизни,
Где один к одному одинок!

Выстрел грянул. Над озером сонным
Крылья уток теперь тяжелы,
И двойным бытием отраженным
Одурманены сосен стволы.

Небо тусклое с отсветом странным –
Мировая туманная боль –
О, позволь мне быть также туманным
И тебя не любить мне позволь!

1911

Der Schritt der Pferde, sacht, gemessen.
Laternenlicht – nicht viel.
Mich fahren Fremde. Die wohl wissen,
Wohin, zu welchem Ziel.

Ich bin umsorgt, ich bin es gerne,
Ich suche Schlaf, mich friert.
Dem Strahl entgegen gehts, dem Sterne,
Sie wenden – wie es klirrt!

Der Kopf, gewiegt, ich fühl ihn brennen.
Die fremde Hand, ihr sanftes Eis.
Der dunkle Umriß dort, die Tannen,
Von denen ich nichts weiß.

1911   *Deutsch von Paul Celan*

Leicht getrübte Luft, sonor und feucht;
Schön der Gang im heimeligen Wald.
Wandrung, einsam: leichtes Kreuz –
Ja, ich trag es, willig, abermals.

Wieder, vorwurfsvoll, der Entenschrei:
Heimat, angerufen – ungerührt.
Dämmerleben. Ich – ich bin dabei
Und bin einsam und kann nichts dafür.

Da! Ein Schuß. Der See erwacht nicht, schwer
Hängt der Entenflügel, schwer wie Stein.
Dort die Fichtenschäfte stehn betört
Von dem Doppelt- und Gespiegeltsein.

Himmelsflor, verblüht, hinweggerafft –
Weltenweh, das nebelhafte, trübe –
O erlaub, daß ich ihm gleich sei: nebelhaft,
Und erlaub mir, daß ich dich nicht liebe.

1911   *Deutsch von Paul Celan*

РАКОВИНА

Быть может, я тебе не нужен,
Ночь; из пучины мировой,
Как раковина без жемчужин,
Я выброшен на берег твой.

Ты равнодушно волны пенишь
И несговорчиво поешь,
Но ты полюбишь, ты оценишь
Ненужной раковины ложь.

Ты на песок с ней рядом ляжешь,
Оденешь ризою своей,
Ты неразрывно с нею свяжешь
Огромный колокол зыбей,

И хрупкой раковины стены,
Как нежилого сердца дом,
Наполнишь шепотами пены,
Туманом, ветром и дождем...

1911

О небо, небо, ты мне будешь сниться!
Не может быть, чтоб ты совсем ослепло,
И день сгорел, как белая страница:
Немного дыма и немного пепла!

1911

Я ненавижу свет
Однообразных звезд.
Здравствуй, мой давний бред, —
Башни стрельчатой рост!

DIE MUSCHEL

Ich weiß es, Nacht: ich geh dich wohl
Nichts an. Aus ihr, der Weltenschlucht,
Geschleudert, eine Muschel, hohl,
Lieg ich am Rande deiner Bucht.

Du Unbeteiligte, du rollst
Dein Meer, du hörsts nicht, singst, singst fort.
Doch sie, die leer und unnütz ist, du sollst
Sie lieben, deine Muschel dort.

Im Sand, da liegt ihr, dein Gewand
Schlägst du um sie, die zu dir schlüpft.
Die große Glocke Dünung: an
Euch beide hast du sie geknüpft.

Die Wände – brüchig; dieses Haus
Ist unbewohnt, wie's Herzen sind.
Du füllsts mit Schaumgeflüster aus,
Mit Regen, Nebelschwaden, Wind ...

1911   *Deutsch von Paul Celan*

O Himmel, Himmel, du kommst wieder, wieder
Im Traum! Dies kann nicht sein: daß du erblindet bist,
Daß hier der Tag, ein weißes Blatt, ganz
                niederbrannte, nieder
Zu diesem bißchen Rauch, zu diesem Aschenrest!

1911   *Deutsch von Paul Celan*

Der Sterne Einerlei:
Ich haß es, lieb es nicht.
Ich grüß dich, Turm-und-Pfeil:
Mein Traum, mein alter – dich!

Кружевом, камень, будь
И паутиной стань,
Неба пустую грудь
Тонкой иглою рань!

Будет и мой черед, –
Чую размах крыла.
Так, но куда уйдет
Мысли живой стрела?

Или, свой путь и срок,
Я, исчерпав, вернусь:
Там – я любить не мог,
Здесь – я любить боюсь...

1912

Образ твой, мучительный и зыбкий,
Я не мог в тумане осязать.
«Господи!» – сказал я по ошибке,
Сам того не думая сказать.

Божье имя, как большая птица,
Вылетело из моей груди.
Впереди густой туман клубится,
И пустая клетка позади.

1912

Нет, не луна, а светлый циферблат
Сияет мне, и чем я виноват,
Что слабых звезд я осязаю млечность?

И Батюшкова мне противна спесь:
«Который час?» – его спросили здесь,
А он ответил любопытным: «вечность».

1912

Sei lauter Fäden, Stein,
Stein, sei das Spinnentier:
Geh, grab dich, nadelfein,
Ins Leere über mir.

Der Flügelschlag, gewiß –
Ich hör, ich fühle ihn.
Doch der Gedanke ist
Lebendig, fliegt – wohin?

Die Bahn, die Frist ... Ich kehr,
Wer weiß, zurück ins Hier.
Die Liebe: dort zu schwer,
Und hier: die Angst vor ihr ...

1912   *Deutsch von Paul Celan*

Dein Gesicht, das quälend umrißlose,
Tief im Dunst – ich machts nicht aus.
„Herr", so sprach ich und versprach mich,
Sprach ein Ungedachtes aus.

Groß, ein Vogel, flog der Name Gottes
Aus dem Innern, war nicht mehr.
Vor mir Dunst und Nebel, dichter.
Hinter mir ein Käfig, leer.

1912   *Deutsch von Paul Celan*

Nein, nicht den Mond – ein Zifferblatt
Seh ich dort leuchten. Was kann ich dafür,
Daß ich die Sterne milchig seh und matt?

Wie dünkelhaft war Batjuschkows Bescheid!
„Wie spät ist es?", so fragten sie ihn hier,
Und die es wissen wollten, hörten: „Ewigkeit".

1912   *Deutsch von Paul Celan*

В таверне воровская шайка
Всю ночь играла в домино.
Пришла с яичницей хозяйка;
Монахи выпили вино.

На башне спорили химеры:
Которая из них урод?
А утром проповедник серый
В палатки призывал народ.

На рынке возятся собаки,
Менялы щелкает замок.
У вечности ворует всякий,
А вечность – как морской песок.

Он осыпается с телеги, –
Не хватит на мешки рогож.
И, недовольный, о ночлеге
Монах рассказывает ложь.

1913

Отравлен хлеб, и воздух выпит:
Как трудно раны врачевать!
Иосиф, проданный в Египет,
Не мог сильнее тосковать.

Под звездным небом бедуины,
Закрыв глаза и на коне,
Слагают вольные былины
О смутно пережитом дне.

Немного нужно для наитий:
Кто потерял в песке колчан,
Кто выменял коня, – событий
Рассеевается туман.

Diebsvolk, nachts, in der Spelunke.
Brettspiel. Dieser, jener Stein.
Eierspeise, Mönche, trunken.
Leergebechert ist der Wein.

Auf dem Turm: Chimären raufen:
„Ich bin häßlicher!" – „Nein, ich!"
Tag. Ein Prediger. Der Haufe
Strömt ins Zelt, versammelt sich.

Marktplatz, Hunde. Jaulen, Johlen.
Wechslertüren, eingerannt.
Rasch die Ewigkeit bestohlen!
Doch die Ewigkeit: wie Sand.

Klein für solche Fracht der Wagen;
Sackschnur ist nicht lang genug.
Unbequem dem Mönch das Lager.
Seine Rede: Lug und Trug.

1913   *Deutsch von Paul Celan*

Die Luft – vertrunken, und das Brot – vergiftet.
Wie diese Wunden heilen? Schwer.
Die Schwermut Josephs, in Ägypten,
Sie war nicht schwerer, lastender.

Der Sternenhimmel. Drunter: Beduinen.
Ihr Aug ist zu, sie sind zu Pferd.
Sie dichten, frei. Vom Tag, der ihnen
So viel Undeutliches beschert.

Nur wenig brauchts, und du durchschaust dein Leben:
– Ich fand den Köcher nicht mehr. – Ich
Vertauscht mein Pferd. – Was sich begeben,
Ist Nebel, und es lichtet sich.

И, если подлинно поется
И полной грудью, наконец,
Всё исчезает – остается
Пространство, звезды и певец.

1913

О временах простых и грубых
Копыта конские твердят,
И дворники в тяжелых шубах
На деревянных лавках спят.

На стук в железные ворота
Привратник, царственно ленив,
Встал, и звериная зевота
Напомнила твой образ, скиф,

Когда с дряхлеющей любовью,
Мешая в песнях Рим и снег,
Овидий пел арбу воловью
В походе варварских телег.

1914

Уничтожает пламень
Сухую жизнь мою,
И ныне я не камень,
А дерево пою.

Оно легко и грубо,
Из одного куска
И сердцевина дуба,
И весла рыбака.

Вбивайте крепче сваи,
Стучите, молотки,
О деревянном рае,
Где вещи так легки.

1915

Und singst du, wahr, und hast getreu gesungen,
Aus voller Brust, so merkst du: kaum
Daß etwas blieb – es ist geschwunden,
Bis auf den Sänger und den Sternenraum.

1913   *Deutsch von Paul Celan*

Die Zeiten, unbehaun: vom Hufe
Der Pferde lautgehämmert. Die
Hausknechte, schwer bepelzt; die Truhen
Aus Holz – drauf schlafen sie.

Ein Schlag ans Tor. (Es ist aus Eisen.)
Der Pförtner – träg erhebt er sich.
Ein Gähnen, tierisch – Skythe, deine
Gestalt erkenn ich, dein Gesicht!

Wie einst, als er, Ovid, sie beide
In seinem Lied zusammentrug:
Rom und den Schnee: Den Ochsenkarren
Besingend im Barbarenzug.

1914   *Deutsch von Paul Celan*

Es tilgen Feuerzungen
Mein trocknes, morsches Sein:
Vom Holz sei jetzt gesungen,
Geschwiegen jetzt vom Stein.

Es ist das Roh-und-Leichte,
Es ist aus einem Stück,
Ist beides, Herz der Eiche
Und Fischers Ruderglück.

Treibt Eure Keile, rede,
Du Hammer, poch und stoß:
Dies ist ein hölzern Eden
Von Dingen schwerelos.

1915   *Deutsch von Paul Celan*

От вторника и до субботы
Одна пустыня пролегла.
О, длительные перелеты!
Семь тысяч верст – одна стрела.

И ласточки, когда летели
В Египет водяным путем,
Четыре дня они висели,
Не зачерпнув воды крылом.

1915

Бессонница. Гомер. Тугие паруса.
Я список кораблей прочел до середины:
Сей длинный выводок, сей поезд журавлиный,
Что над Элладою когда-то поднялся.

Как журавлиный клин в чужие рубежи, –
На головах царей божественная пена, –
Куда плывете вы? Когда бы не Елена,
Что Троя вам одна, ахейские мужи?

И море, и Гомер – всё движется любовью.
Кого же слушать мне? И вот Гомер молчит,
И море черное, витийствуя, шумит
И с тяжким грохотом подходит к изголовью.

1915

Vom zweiten bis zum sechsten Tage:
Die eine Wüste, unbegrenzt.
O Flüge, langes Flügelschlagen!
Ein Pfeilschuß – siebentausend Werst!

Und sie, die nach Ägypten flogen,
Die Schwalben, vier, vier Tage lang,
Das Wasser unter sich – sie hingen oben,
Und keine Schwinge tauchte, trank.

1915   *Deutsch von Paul Celan*

Schlaflosigkeit. Homer. Die Segel, die sich strecken.
Ich las im Schiffsverzeichnis, ich las, ich kam nicht weit:
Der Strich der Kraniche, der Zug der jungen Hecke
Hoch über Hellas, einst, vor Zeit und Aberzeit.

Wie jener Kranichkeil, in Fremdestes getrieben –
Die Köpfe, kaiserlich, der Gottesschaum drauf, feucht –
Ihr schwebt, ihr schwimmt – wohin? Wär Helena nicht
            drüben,
Achäer, solch ein Troja, ich frag, was gält es euch?

Homer, die Meere, beides: die Liebe, sie bewegt es.
Wem lausch ich, und wen hör ich? Sieh da, er schweigt,
            Homer.
Das Meer, das schwarz beredte, an dieses Ufer schlägt es,
Zu Häupten hör ichs tosen, es fand den Weg hierher.

1915   *Deutsch von Paul Celan*

Tristia
(1916–1920)

В Петрополе прозрачном мы умрем,
Где властвует над нами Прозерпина.
Мы в каждом вздохе смертный воздух пьем,
И каждый час нам смертная година.

Богиня моря, грозная Афина,
Сними могучий каменный шелом.
В Петрополе прозрачном мы умрем, –
Здесь царствуешь не ты, а Прозерпина.

1916

Эта ночь непоправима,
А у вас еще светло.
У ворот Ерусалима
Солнце черное взошло.

Солнце желтое страшнее –
Баю баюшки баю –
В светлом храме иудеи
Хоронили мать мою.

Благодати не имея
И священства лишены,
В светлом храме иудеи
Отпевали прах жены.

И над матерью звенели
Голоса израильтян.
Я проснулся в колыбели,
Черным солнцем осиян.

1916

Petropolis, diaphan: hier gehen wir zugrunde,
Hier herrscht sie über uns: Proserpina.
Sooft die Uhr schlägt, schlägt die Todesstunde,
Wir trinken Tod aus jedem Lufthauch da.

Den Helm, den steinernen, jetzt losgebunden,
Athene, meerisch, mächtig, schreckensnah!
Petropolis, diaphan: hier gehen wir zugrunde,
Nicht du regierst – hier herrscht Proserpina.

1916   *Deutsch von Paul Celan*

Diese Nacht: nicht gutzumachen
Bei euch: Licht, trotzdem.
Sonnen, schwarz, die sich entfachen
Vor Jerusalem.

Sonnen, gelb: größres Entsetzen –
Schlaf, eiapopei.
Helles Judenhaus: sie setzen
Meine Mutter bei.

Sie, die nicht mehr priesterlichen,
Gnad- und heilsberaubt,
Singen aus der Welt, im Lichte,
Eines Weibes Staub.

Judenstimmen, die nicht schwiegen,
Mutter, wie es schallt.
Ich erwach in meiner Wiege,
Sonnenschwarz umstrahlt.

1916   *Deutsch von Paul Celan*

Пусть имена цветущих городов
Ласкают слух значительностью бренной.
Не город Рим живет среди веков,
А место человека во вселенной.

Им овладеть пытаются цари,
Священники оправдывают войны,
И без него презрения достойны,
Как жалкий сор, дома и алтари.

1917

Что поют часы-кузнечик,
Лихорадка шелестит,
И шуршит сухая печка, –
Это красный шелк горит.

Что зубами мыши точат
Жизни тоненькое дно, –
Это ласточка и дочка
Отвязала мой челнок.

Что на крыше дождь бормочет, –
Это черный шелк горит.
Но черемуха услышит
И на дне морском простит.

Потому, что смерть невинна,
И ничем нельзя помочь,
Что в горячке соловьиной
Сердце теплое еще.

1918

Die Städte, die da blühn, sie mögen weiter
Bedeutsam tun mit Namen und mit Schall.
Nicht Rom, die Stadt, lebt fort durch Zeit und Zeiten,
Es lebt des Menschen Ort – ein Ort im All.

Ihn zu erobern, ziehn der Fürsten Heere,
Heißen die Priester all die Kriege gut.
Und ohne ihn – die Häuser, die Altäre:
Verachtungswürdig, elend, Schutt.

1917   *Deutsch von Paul Celan*

Grillenlied, aus Uhren tickend,
Flüstern einer Fieberglut,
Rascheln aus dem Ofen, trocken –:
Rote Seide ists, die loht.

Lebensboden, dünn, durchbrochen
Schon vom feinen Mäusezahn.
Schwalbenmutter, Schwalbentochter
Knüpft mir los, womit ich spann.

Dächerhin die Regenworte
– Schwarze Seide brennt –, doch blieb
Er, der's hört, der Faulbaum, drunten,
Tief im Meer, das Wort: Vergib.

Schuldlos ist der Tod, und keinem,
Keinem kann geholfen sein.
Darum glühts, das Herz, in seinem
Nachtigallenschein.

1918   *Deutsch von Paul Celan*

33

Прославим, братья, сумерки свободы,
Великий сумеречный год!
В кипящие ночные воды
Опущен грузный лес тенет.
Восходишь ты в глухие годы,
О солнце, судия, народ!

Прославим роковое бремя,
Которое в слезах народный вождь берет.
Прославим власти сумрачное бремя,
Ее невыносимый гнет.
В ком сердце есть, тот должен слышать, время,
Как твой корабль ко дну идет.

Мы в легионы боевые
Связали ласточек — и вот
Не видно солнца, вся стихия
Щебечет, движется, живет.
Сквозь сети — сумерки густые —
Не видно солнца и земля плывет.

Ну что ж, попробуем: огромный, неуклюжий,
Скрипучий поворот руля.
Земля плывет. Мужайтесь, мужи,
Как плугом, океан деля.
Мы будем помнить и в летейской стуже,
Что десяти небес нам стоила земля.

1918

TRISTIA

Я изучил науку расставанья
В простоволосых жалобах ночных.
Жуют волы, и длится ожиданье,
Последний час вигилий городских;
И чту обряд той петушиной ночи,
Когда, подняв дорожной скорби груз,
Глядели в даль заплаканные очи
И женский плач мешался с пеньем муз.

Die Freiheit, die da dämmert, laßt uns preisen,
Dies große, dieses Dämmerjahr.
Hinabgesenkt der schwere Wald der Reusen
In Wassernächte, wie noch keine war.
In Finsternisse trittst du, taub und dicht,
Du Volk, du Sonne-und-Gericht.

Das Schicksalsjoch, ihr Brüder, sei besungen,
Das, der das Volk führt, weinend trägt.
Das Joch der Macht und die Verfinsterungen,
Die Last, die uns zu Boden schlägt.
Wer, Zeit, ein Herz hat, hört damit, versteht:
Er hört dein Schiff, Zeit, das zur Tiefe geht.

Dort, kampfbereit, die Phalanx – dort: die Schwalben!
Wir schlossen sie zusammen, und ihr sehts:
Die Sonne – unsichtbar. Die Elemente, alle:
Lebendig, vogelstimmig, unterwegs.
Das Netz, die Dämmrung: dicht. Und nichts erglimmt.
Die Sonne – unsichtbar. Die Erde schwimmt.

Nun, wir versuchen es: Herum das Steuer!
Es knirscht, ihr Linkischen – los, reißts herum!
Die Erde schwimmt. Ihr Männer, Mut, aufs neue!
Wir pflügen Meere, brechen Meere um.
Und denken, Lethe, noch wenn uns dein Frost durchfährt:
Der Himmel zehn war uns die Erde wert.

1918   *Deutsch von Paul Celan*

TRISTIA

Ich lernte Abschied – eine Wissenschaft;
Ich lernt sie nachts, von Schmerz und schlichtem Haar.
Gebrüll von Ochsen. Warten, lange Haft.
Die Stadt-Vigilie, die die letzte war.
Und ich – ich halts wie in der Nacht der Hähne,
Da ich, den Gram geschultert, wandert, lang,
Ein Aug ins Ferne sah durch seine Träne
Und Weiberweinen war im Musensang.

Кто может знать при слове расставанье –
Какая нам разлука предстоит?
Что нам сулит петушье восклицанье,
Когда огонь в акрополе горит?
И на заре какой-то новой жизни,
Когда в сенях лениво вол жует,
Зачем петух, глашатай новой жизни,
На городской стене крылами бьет?

И я люблю обыкновенье пряжи:
Снует челнок, веретено жужжит.
Смотри: навстречу, словно пух лебяжий,
Уже босая Делия летит!
О, нашей жизни скудная основа,
Куда как беден радости язык!
Всё было встарь, всё повторится снова,
И сладок нам лишь узнаванья миг.

Да будет так: прозрачная фигурка
На чистом блюде глиняном лежит,
Как беличья распластанная шкурка,
Склонясь над воском, девушка глядит.
Не нам гадать о греческом Эребе,
Для женщин воск что для мужчины медь.
Нам только в битвах выпадает жребий,
А им дано, гадая, умереть.

1918

Сестры – тяжесть и нежность, одинаковы ваши
                      приметы.
Медуницы и осы тяжелую розу сосут.
Человек умирает. Песок остывает согретый,
И вчерашнее солнце на черных носилках несут.

Ах, тяжелые соты и нежные сети!
Легче камень поднять, чем имя твое повторить.
У меня остается одна забота на свете:
Золотая забота, как времени бремя избыть.

Wer, hört dies Wort er: Auseinandergehen,
Weiß, was die Trennung und das Scheiden bringt,
Was es verheißt, wenn Flammen auf dir stehen,
Akropolis, und Hahnenschrei erklingt?
Was, wenn ein neues Leben, irgendeines, tagt,
Indes die Ochsen brüllen, träg, im Stall,
Was jenes Flügelschlagen dort besagt
Des Hahns, der Neues kündet, auf dem Wall?

Ich lieb, was stet sich fortspinnt, Fäden –
Das Schiffchen fliegt, die Spindel summt . . .
O sieh; ein Flaum, ein wirklicher, von Schwänen –
Die unbeschuhte Delia – sie kommt!
O unsres Lebens Grund, der karg-und-schmale,
Die Bettelworte, die die Freude spricht!
Ach, nur Gewesnes kommt, zum andern Male:
Der Nu, da du's erkennst – dein Glück.

So sei denn dies: Die Schale, tönern, rein,
Und das Gebild aus Wachs, durchsichtig, drauf.
(Wie Fell vom Feh, gedehnt.) Daneben ein
Über das Wachs geneigtes Mädchenaug.
Nicht an uns ists, den Erebos zu fragen:
Dem Mann das Kupfer, Wachs den Fraun.
Uns fällt der Würfel, da wir Schlachten schlagen;
Sie sterben, da sie in die Zukunft schaun.

1918   *Deutsch von Paul Celan*

Ihr Schwestern, Schwer und Zart, ich seh euch – seh dasselbe.
Die Imme und die Wespe taucht in die Rose ein.
Es stirbt der Mensch, und kalt wird der Sand, der
              glutdurchschwelte,
Die gestern helle Sonne – schwarz trägt man sie vorbei.

O Waben, schwere Waben, o Netzwerk, zart gesponnen.
Dein Name – nichts ist schwerer ein zweites Mal gesagt!
Mir bleibt nur eine Sorge – die einzige und goldne:
Das Joch der Zeit – was tu ich, daß ich dies Joch zerschlag?

37

Словно темную воду, я пью помутившийся воздух.
Время вспахано плугом, и роза землею была.
В медленном водовороте тяжелые, нежные розы,
Розы тяжесть и нежность в двойные венки заплела.

1920

Веницейской жизни мрачной и бесплодной
Для меня значение светло.
Вот она глядит с улыбкою холодной
В голубое дряхлое стекло.

Тонкий воздух кожи. Синие прожилки.
Белый снег. Зеленая парча.
Всех кладут на кипарисные носилки,
Сонных, теплых вынимают из плаща.

И горят, горят в корзинах свечи,
Словно голубь залетел в ковчег.
На театре и на праздном вече
Умирает человек.

Ибо нет спасенья от любви и страха:
Тяжелее платины Сатурново кольцо!
Черным бархатом завешенная плаха
И прекрасное лицо.

Тяжелы твои, Венеция, уборы,
В кипарисных рамах зеркала.
Воздух твой граненый. В спальне тают горы
Голубого дряхлого стекла...

Только в пальцах роза или склянка, –
Адриатика зеленая, прости! –
Что же ты молчишь, скажи, венецианка,
Как от этой смерти праздничной уйти?

Ich trink die Luft wie Wasser, trink Trübes, Strahlenloses.
Die Zeit – gepflügt, die Rose, die nun zu Erde ward . . .
Still drehn sich mit den Wassern die schweren zarten Rosen –
Zum Doppelkranz geflochten die Rosen Schwer und Zart!

1920   *Deutsch von Paul Celan*

Venedigs Leben, düster und unfruchtbar – sein Sinn:
Er tritt mir klar vor Augen, ich sehe ihn, genau.
Ein Lächeln um den Mund, ein kaltes, blickt es in
Die abgelebten Spiegel, in spiegelaltes Blau.

Ein Hautarom, kaum spürbar. Die Äderung, violett.
Ein Weiß, ein Schimmer Schnee. Brokate, dunkelgrün,
Man hebt sie auf die Sänften, auf das Zypressenbett,
Man schlägt sie aus den Mänteln, im Schlummer,
              im Verglühn.

In all den Körben: Kerzen. Sie brennen, brennen fort,
Als ob dies eine Arche und drin die Taube wär.
Auf Plätzen, in Theatern, an müßig-eitlem Ort,
Allda geschieht das Sterben, der Mensch, hier endet er.

Die Todesangst, die Liebe: nichts, das den zwein entkommt:
Der Ring Saturns wiegt schwer als irgendein Gewicht.
Der Richtblock, ausgeschlagen mit Samt, mit
              schwarzem Samt.
Das menschliche, das Antlitz, das herrliche Gesicht.

Wie schwer es hängt, Venedig, dein Prunk- und Bühnenwerk!
Die Spiegel schwer, die Rahmen, schwer das Zypressenholz,
Die Luft hier: scharfgeschliffen. Im Schlafgemach: der Berg
Von altersblauem Glase, das taut, das schon zerschmolz.

Sinds Rosen, sinds Phiolen in diesen Händen hier?
Dies ist der Abschied, Adria, du grünes Meer, ade!
Du Mädchen aus Venedig, du sprichst nicht, sag es mir:
Ein Tod wie dieser, festlich – kann ich ihm nicht entgehn?

Черный Веспер в зеркале мерцает.
Всё проходит. Истина темна.
Человек родится. Жемчуг умирает.
И Сусанна старцев ждать должна.

1920

ФЕОДОСИЯ

Окружена высокими холмами,
Овечьим стадом ты с горы сбегаешь
И розовыми, белыми камнями
С сухом прозрачном воздухе сверкаешь.
Качаются разбойничьи фелюги,
Горят в порту турецких флагов маки,
Тростинки мачт, хрусталь волны упругий
И на канатах лодочки-гама́ки.

На все лады, оплаканное всеми,
С утра до ночи «яблочко» поется.
Уносит ветер золотое семя, –
Оно пропало, больше не вернется.
А в переулочках, чуть свечерело,
Пиликают, согнувшись, музыканты,
По двое и по трое, неумело,
Невероятные свои варьянты.

О, горбоносых странников фигурки!
О, средиземный радостный зверинец!
Расхаживают в полотенцах турки,
Как петухи, у маленьких гостиниц.
Везут собак в тюрьмоподобной фуре,
Сухая пыль по улицам несется,
И хладнокровен средь базарных фурий
Монументальный повар с броненосца.

Идем туда, где разные науки
И ремесло – шашлык и чебуреки,
Где вывеска, изображая брюки,
Дает понятье нам о человеке.

Im Spiegel steht jetzt Venus. Ihr Licht – ein schwarzes Licht.
Es gehn die Dinge, alle. Die Wahrheit: Dunkelheit.
Es wird ein Mensch geboren. Es lebt die Perle nicht.
Susanne: der zwei Greise muß sie gewärtig sein.

1920   *Deutsch von Paul Celan*

FEODOSIA

Ringsum umgeben von den hohen Hügeln
Läufst du wie Schafherden bergab von Triften
Mit weiß- und rosafarbenen Steinen glühst du
In trockenen und durchsichtigen Lüften.
Räuberfeluken schaukeln auf dem Wasser
Im Hafen brennen Mohne: Türkenflaggen
Elastisches Kristall der Welle, Rohr der Masten
Und klein an Seilen Schiffchen-Hängematten.

In allen Tonarten, beweint von allen
Singt man das „Äpfelchen". So rollt das Glück –
Fern läßt der Wind den goldnen Samen fallen
Da ist er hin, und kommt nie mehr zurück.
Doch in den Gassen, kaum daß Abend wird
Fiedeln, nach vorn gebeugt, die Musikanten
Zu zwein, zu drein, von keiner Kunst beirrt
Ihre unwahrscheinlichen Varianten.

O adlernasiger Pilger Figürchen!
Heitre mediterrane Menagerie!
Handtücher um die Köpfe, gehen Türken
Vor den Hotelchen stolz wie Federvieh.
Hunde fährt man ab in Gefängnisfuhren
Der trockene Staub wirbelt um die Häuser
Und kaltblütig unter basarnen Furien
Steht monumental der Koch vom Panzerkreuzer.

Gehn wir, wo man die Wissenschaften treibt
Und Handwerk ist – Schaschlyk und Tschebureki –
Und wo ein Schild, das eine Hose zeigt
Uns ein Verständnis gibt vom Menschen.

Мужской сюртук – без головы стремленье,
Цирюльника летающая скрипка
И месмерический утюг – явленье
Небесных прачек – тяжести улыбка.

Здесь девушки стареющие, в челках,
Обдумывают странные наряды,
И адмиралы в твердых треуголках
Припоминают сон Шехерезады.
Прозрачна даль. Немного винограда.
И неизменно дует ветер свежий.
Недалеко до Смирны и Багдада,
Но трудно плыть, а звезды всюду те же.

1920/1922

Я слово позабыл, что я хотел сказать.
Слепая ласточка в чертог теней вернется,
На крыльях срезанных, с прозрачными играть.
В беспамятстве ночная песнь поется.

Не слышно птиц. Бессмертник не цветет.
Прозрачны гривы табуна ночного.
В сухой реке пустой челнок плывет.
Среди кузнечиков беспамятствует слово.

И медленно растет, как бы шатер иль храм,
То вдруг прокинется безумной Антигоной,
То мертвой ласточкой бросается к ногам,
С стигийской нежностью и веткою зеленой.

О, если бы вернуть и зрячих пальцев стыд,
И выпуклую радость узнаванья.
Я так боюсь рыданья аонид,
Тумана, звона и зиянья!

А смертным власть дана любить и узнавать,
Для них и звук в персты прольется,
Но я забыл, что я хочу сказать, –
И мысль бесплотная в чертог теней вернется.

Ein Männergehrock – Streben ohne Meinung –
Eines Barbiers fliegender Geige Fächeln
Und mesmerischer Bügelstahl – Erscheinung
Himmlischer Wäscherinnen: der Schwere Lächeln.

Hier denken späte Mädchen unterm Pony
Seltsame Kleider aus zur Promenade
Und Admirale unter hartem Dreispitz
Erinnern sich den Traum Scheherezades.
Durchsichtig ist die Weite. Ein paar Trauben
Immer ein frischer Wind aus einer Ferne
Nach Smyrna und nach Bagdad ist es nah
Doch schwer zu schwimmen. Aber überall die gleichen
          Sterne.

1920/1922   *Deutsch von Rainer Kirsch*

Das Wort bleibt ungesagt, ich finds nicht wieder.
Die blinde Schwalbe flog ins Schattenheim,
Zum Spiel, das sie dort spielen. (Zersägt war ihr Gefieder.)
Tief in der Ohnmacht, nächtlich, singt ein Reim.

Die Vögel – stumm. Und keine Immortelle.
Glashelle Mähnen – das Gestüt der Nacht.
Ein Kahn treibt, leer, es trägt ihn keine Welle.
Das Wort: umschwärmt von Grillen, unerwacht.

Und wächst, wächst wie es Tempeln, Zelten eigen,
Steht, jäh umnachtet, wie Antigone,
Stürzt, stygisch-zärtlich und mit grünem Zweige,
Als blinde Schwalbe stürzt es nieder, jäh.

Beschämung all der Finger, die da sehen,
O die Erkenntnis einst, so freudenprall.
O Aoniden, ihr – ich muß vor Angst vergehen,
Vor Nebeln, Abgrund, Glockenton und Schall.

Wer sterblich ist, kann lieben und erkennen,
Des Finger fühlt: ein Laut, der mich durchquert ...
Doch ich – mein Wort, ich weiß es nicht zu nennen,
Ein Schemen war es – es ist heimgekehrt.

Всё не о том прозрачная твердит,
Всё ласточка, подружка, Антигона...
А на губах, как черный лед, горит
Стигийского воспоминанье звона.

1920

Я слово позабыл, что я хотел сказать.
Слепая ласточка в чертог теней вернется,
На крыльях срезанных, с прозрачными играть.
В беспамятстве ночная песнь поется.

Не слышно птиц. Бессмертник не цветет.
Прозрачны гривы табуна ночного.
В сухой реке пустой челнок плывет.
Среди кузнечиков беспамятствует слово.

И медленно растет, как бы шатер иль храм,
То вдруг прокинется безумной Антигоной,
То мертвой ласточкой бросается к ногам,
С стигийской нежностью и веткою зеленой.

О, если бы вернуть и зрячих пальцев стыд,
И выпуклую радость узнаванья.
Я так боюсь рыданья аонид,
Тумана, звона и зиянья!

А смертным власть дана любить и узнавать,
Для них и звук в персты прольется,
Но я забыл, что я хочу сказать, –
И мысль бесплотная в чертог теней вернется.

Всё не о том прозрачная твердит,
Всё ласточка, подружка, Антигона...
А на губах, как черный лед, горит
Стигийского воспоминанье звона.

Ноябрь 1920

Die Körperlose, immer, Stund um Stunde,
Antigone, die Schwalbe, überall . . .
Wie schwarzes Eis, so glüht auf meinem Munde
Erinnerung an Stygisches, an Hall.

1920   *Deutsch von Paul Celan*

Ich hab das Wort vergessen, das ich sagen wollte.
Ins Schloß der Schatten kehrt die Schwalbe blind zurück
Zerschnittnen Flügels, mit den Durchsichtigen zu spielen.
Im Nichterinnern singt man ein nächtliches Lied.

Die Vögel unhörbar. Die Immortelle blüht nicht.
Die Mähnen durchsichtig der Abendherde dort.
Ein leerer Nachen schwimmt auf trockenen Flüssen.
Unter Heuschrecken tobt erinnerungslos das Wort.

Und wächst sacht an, als wär es Zeltdach oder Kirche
Stößt jäh als wahnsinnige Antigone vorbei
Und stürzt als tote Schwalbe sich zu Füßen
Mit stygischer Zärtlichkeit und einem grünen Zweig.

O brächte man die Scham der sehenden Finger wieder
Und des Erkennens aufgewölbte Freude.
Ich fürchte so die Klage-Aoniden
Den Nebel, und das Klaffen, und das Läuten.

Doch Sterblichen ist Macht zu lieben und zu wissen
Für sie ists, daß der Klang sich in die Finger goß
Doch was ich sagen wollte, habe ich vergessen
Körperlos der Gedanke kehrt ins Schattenschloß.

Immer verfehlts der durchsichtige, bleich . . .
Immer die Schwalbe, Antigone, die Freundin . . .
Doch auf den Lippen brennt wie schwarzes Eis
Erinnerung an das stygische Läuten.

November 1920   *Deutsch von Rainer Kirsch*

45

В Петербурге мы сойдемся снова,
Словно солнце мы похоронили в нем,
И блаженное, бессмысленное слово
В первый раз произнесем.
В черном бархате январской ночи,
В бархате всемирной пустоты,
Всё поют блаженных жен родные очи,
Всё цветут бессмертные цветы.

Дикой кошкой горбится столица,
На мосту патруль стоит,
Только злой мотор во мгле промчится
И кукушкой прокричит.
Мне не надо пропуска ночного,
Часовых я не боюсь:
За блаженное, бессмысленное слово
Я в ночи январской помолюсь.

Слышу легкий театральный шорох
И девическое «ах», –
И бессмертных роз огромный ворох
У Киприды на руках.
У костра мы греемся от скуки,
Может быть, века пройдут,
И блаженных жен родные руки
Легкий пепел соберут.

Где-то хоры сладкие Орфея
И родные темные зрачки,
И на грядки кресел с галереи
Падают афиши-голубки.
Что ж, гаси, пожалуй, наши свечи,
В черном бархате всемирной пустоты
Всё поют блаженных жен крутые плечи,
А ночного солнца не заметишь ты.

1920

46

Petersburg ist wieder unser Ort
So, als trügen wir die Sonne hier zu Grab
Und das selige sinnlose Wort
Sprechen wir zum ersten Mal.
Und im schwarzen Samt der Januarnacht
Im Samt der Leere erdenweit
Singen noch der seligen Frauen liebe Augen
Blühn die Immortellen allezeit.

Wilde Katze, macht die Stadt den Buckel.
Auf der Brücke steht die Wache, klein.
Nur ein zorniger Motor wird durchs Dunkel
Eilig fahrn und wie ein Kuckuck schrein.
Keinen Nachtpropusk brauch ich als Hort
Fürcht die Streife nicht, die wacht:
Für das selige sinnlose Wort
Will ich beten in der Januarnacht.

Leicht, woher? hör ich Theaterrascheln
Und der Mädchen langes Ach –
Haufen, riesig, unsterblicher Rosen
Hält Kypride auf dem Arm.
Wir, vor Langeweile, wärmen uns an Bränden
Kann sein, daß Jahrhunderte vergehn
Und der seligen Frauen liebe Hände
Sammeln leicht die leichte Asche ein.

Irgendwo des Orpheus süße Chöre
Und Pupillen, dunkel, lieb;
Auf die Sessel-Beete flattern, Täubchen
Auftrittszettel von der Galerie.
Meinetwegen lösch sie, unsre Kerzen
Im schwarzen Samt der erdenweiten Leere
Singen immer der seligen Frauen weiße Schultern
Doch die Sonne nachts wirst du nicht merken.

1920   *Deutsch von Rainer Kirsch*

Возьми на радость из моих ладоней
Немного солнца и немного меда,
Как нам велели пчелы Персефоны.

Не отвязать неприкрепленной лодки,
Не услыхать в меха обутой тени,
Не превозмочь в дремучей жизни страха.

Нам остаются только поцелуи,
Мохнатые, как маленькие пчелы,
Что умирают, вылетев из улья.

Они шуршат в прозрачных дебрях ночи,
Их родина – дремучий лес Тайгета,
Их пища – время, медуница, мята.

Возьми ж на радость дикий мой подарок,
Невзрачное сухое ожерелье
Из мертвых пчел, мед превративших в солнце.

1920

Когда городская выходит на стогны луна,
И медленно ей озаряется город дремучий,
И ночь нарастает, унынья и меди полна,
И грубому времени воск уступает певучий,

И плачет кукушка на каменной башне своей,
И бледная жница, сходящая в мир бездыханный,
Тихонько шевелит огромные спицы теней,
И желтой соломой бросает на пол деревянный. . .

1920

48

Aus meinen Händen, dich zu freuen, nimm
Ein wenig Sonne und ein wenig Honig: dies
Ist, was Persephoneias Bienen uns zu tun geheißen.

Nicht loszumachen ist das unvertäute Boot,
Des Schattens Schuh und Schritt – nicht zu erlauschen,
Die Angst im Lebensdickicht hier – nicht zu bezwingen.

Uns bleibt nur dies: die bienengleichen Küsse,
Die kleinen Immen, haarig, in den Stäcken –
Ihr Flug ins Freie ist ihr Todesflug.

Der Hain der Nacht, wie Glas: der Raum, den sie
              durchschwärmen,
Der dichte Wald auf dem Taygetos: die Heimat und die
              Herkunft.
Die Nahrung dies: Zeit, Honigblume, Minze.

So nimm dies Waldgeschenk, nimms, dich zu freuen:
Das Halsband, unscheinbar, aus toten Bienen –
Sie woben Honig, woben ihn zu Sonne.

1920   *Deutsch von Paul Celan*

Der Stadtmond tritt ins Freie, auf Plätze, offen, rund,
Und Schritt für Schritt erfüllt sich die Stadt mit Helligkeit,
Dann nimmt die Nacht zu, kupfern und schwer von
              Trübsal, und
Das Wachs, das singt, muß weichen vor ungefüger Zeit;

Ein Turm steht, steinern; oben: ein Kuckuck, und er klagt;
Die Welt, in der nichts atmet, betritt die Schnitterin,
Rührt still an jeden Schatten, der groß und finster ragt,
Und streut ihn, gelbes Stroh jetzt, über die Tenne hin . . .

1920   *Deutsch von Paul Celan*

Я наравне с другими
Хочу тебе служить,
От ревности сухими
Губами ворожить.
Не утоляет слово
Мне пересохших уст,
И без тебя мне снова
Дремучий воздух пуст.

Я больше не ревную,
Но я тебя хочу,
И сам себя несу я,
Как жертву палачу.
Тебя не назову я
Ни радость, ни любовь.
На дикую, чужую
Мне подменили кровь.

Еще одно мгновенье,
И я скажу тебе:
Не радость, а мученье
Я нахожу в тебе.
И, словно преступленье,
Меня к тебе влечет
Искусанный в смятеньи
Вишневый нежный рот...

Вернись ко мне скорее,
Мне страшно без тебя,
Я никогда сильнее
Не чувствовал тебя,
И всё, чего хочу я,
Я вижу наяву.
Я больше не ревную,
Но я тебя зову.

1920

Nicht anders nun als andre
Will ich dir dienen und
Dir wahrsagen mit hartem
Eifersuchtstrocknem Mund.
Es lindert mir die dürren
Lippen das Wort nicht mehr
Und ohne dich ist wieder
Die Luft, die walddichte, leer.

Und nicht mehr eifersüchtig
Aber ich will, will dich
Ich bring dir, wie ein Opfer
Dem Henker sich darbringt, mich
Ich werde dich nicht nennen
Freude noch Liebe auch.
Gegen Wildes und Fremdes
Hat man mein Blut vertauscht.

Und nur noch Augenblicke
Schweig ich, dann sag ich dir:
Nur Qualen, keine Freude
Find ich von nun bei dir
Wie ein Verbrechen zieht mich
Und wie den Stein zum Grund
Dein zerbissener, verwirrter
Kirschfarben zärtlicher Mund.

Komm schnell zurück, komm schneller
Ich fühl mich schrecklich, ich
Spürte dich niemals stärker
Als jetzt, als ohne dich –
Was ich begehr, ich seh es
Im harten schweigenden Licht.
Und nicht mehr eifersüchtig.
Aber ich rufe dich.

1920   *Deutsch von Rainer Kirsch*

Стихи 1921–1925 годов

Gedichte 1921–1925

КОНЦЕРТ НА ВОКЗАЛЕ

Нельзя дышать, и твердь кишит червями,
И ни одна звезда не говорит,
Но, видит бог, есть музыка над нами, –
Дрожит вокзал от пенья аонид,
И снова, паровозными свистками
Разорванный, скрипичный воздух слит.

Огромный парк. Вокзала шар стеклянный.
Железный мир опять заворожен.
На звучный пир, в элизиум туманный
Торжественно уносится вагон.
Павлиний крик и рокот фортепьянный.
Я опоздал. Мне страшно. Это сон.

И я вхожу в стеклянный лес вокзала,
Скрипичный строй в смятеньи и слезах.
Ночного хора дикое начало
И запах роз в гниющих парниках,
Где под стеклянным небом ночевала
Родная тень в кочующих толпах.

И мнится мне: весь в музыке и пене
Железный мир так нищенски дрожит.
В стеклянные я упираюсь сени.
Куда же ты? На тризне милой тени
В последний раз нам музыка звучит.

1921

Умывался ночью на дворе, –
Твердь сияла грубыми звездами.
Звездный луч – как соль на топоре,
Стынет бочка с полными краями.

На замок закрыты воротá,
И земля по совести сурова, –
Чище правды свежего холста
Вряд ли где отыщется основа.

BAHNHOFSKONZERT

Kein Atmen mehr. Das Firmament – voll Maden.
Verstummt die Sterne, keiner glüht,
Doch über uns, Gott siehts, Musik, dort oben –
Der Bahnhof bebt vom Aonidenlied.
Und wieder ist die Luft, zerrissen von Signalen,
Die Geigenluft, die ineinanderfließt.

Der Riesenpark. Die Bahnhofskugel, gläsern.
Die Eisenwelt – verzaubert, abermals.
Und feierlich, in Richtung Nebel-Eden,
Zu einem Klang-Gelage rollt die Bahn.
Ein Pfauenschrei, Klaviergetöse.
Ich kam zu spät. Ich träum ja. Mir ist bang.

Der Glaswald rings, ich habe ihn betreten.
Der Geigen-Bau – in Tränen, aufgewühlt.
Der Duft der Rosen in den Moder-Beeten;
Der Chor der Nacht, der anhebt, wild.
Der teure einst, der mitzog, er, der Schatten ...
Sein Nachtquartier: ein gläsernes Gezelt ...

Die Eisenwelt, sie schäumt, schäumt vor Musik –
Mir ist, als bebte sie am ganzen Leibe –
Ich steh im Glasflur, lehne mich zurück.
Wo willst du hin? Es ist die Totenfeier
Des Schattens, der dort ging. Noch einmal war Musik.

1921   *Deutsch von Paul Celan*

Nachts, vorm Haus, da wusch ich mich –
Grobgestirnter Himmel strahlt.
Auf der Axt, wie Salz, steht Sternenlicht.
Hier die Tonne: randvoll, kalt.

Riegel, vor das Tor gelegt.
Streng die wahre Erde, rauh,
Rein die Leinwand, frisch gewebt,
Und den Faden sieht kein Aug.

Тает в бочке, словно соль, звезда,
И вода студеная чернее,
Чище смерть, соленее беда,
И земля правдивей и страшнее.

1921

Кому зима – арак и пунш голубоглазый,
Кому – душистое с корицею вино,
Кому – жестоких звезд соленые приказы
В избушку дымную перенести дано.

Немного теплого куриного помета
И бестолкового овечьего тепла;
Я всё отдам за жизнь – мне так нужна забота –
И спичка серная меня б согреть могла.

Взгляни: в моей руке лишь глиняная крынка,
И верещанье звезд щекочет слабый слух,
Но желтизну травы и теплоту суглинка
Нельзя не полюбить сквозь этот жалкий пух.

Sternensalz, im Faß zergehend.
Wasser, kalt, muß schwärzer werden.
Reiner nun der Tod und salziger das Elend,
Wahrer, furchtbarer die Erde.

1921   *Deutsch von Paul Celan*

Auf dem Hof wusch ich mich in der Nacht –
Die Himmelsfeste strahlt mit groben Sternen.
Sternenlicht wie Salz fiel auf die Axt.
Es gefriert das Faß mit vollen Rändern.

Vor die Tore ist das Schloß gelegt
Rauh die Erde, so wie sies versteht –
Reiner als der Wahrheit frisches Leinen
Ist wohl nirgendwo ein Grund gewebt.

Als wärs Salz, zertaut im Faß der Stern
Und das Wasser, eisigkalt, ist schwärzer
Reiner nun der Tod, das Elend schärfer
Und die Erde schrecklicher und gerechter.

1921   *Deutsch von Rainer Kirsch*

Dem ist der Winter Arrak, oder Punsch der Seele,
Dem andern ist er Balsamwein mit etwas Zimt,
Der dritte trägt der Sterne salzige Befehle,
Grausame, in die rauchgeschwärzte Hütte hin.

Ein wenig von dem warmen Hühnerdunge,
Brodem der Schafe im verwirrten Schwarm –
Was gäb ich für das Leben (ich brauch Ermutigungen,
und schon von einem Schwefelhölzchen würd mir warm).

Schau her, in meiner Hand ist nur ein irden Krüglein,
Das Sternenzirpen kitzelt mir mein schwaches Ohr,
Jedoch das gilbe Gras, die Wärme der lehmenen Hügel
Liebt man noch durch diesen kargen weißen Flor.

Тихонько гладить шерсть и ворошить солому,
Как яблоня зимой, в рогоже голодать,
Тянуться с нежностью бессмысленно к чужому
И шарить в пустоте, и терпеливо ждать.

Пусть люди темные торопятся по снегу
Отарою овец и хрупкий наст скрипит,
Кому зима – полынь и горький дым к ночлегу,
Кому – крутая соль торжественных обид.

О, если бы поднять фонарь на длинной палке,
С собакой впереди идти под солью звезд,
И с петухом в горшке прийти на двор к гадалке.
А белый, белый снег до боли очи ест.

1922

Я не знаю, с каких пор
Эта песенка началась, –
Не по ней ли шуршит вор,
Комариный звенит князь?

Я хотел бы ни о чем
Еще раз поговорить,
Прошуршать спичкой, плечом
Растолкать ночь – разбудить.

Раскидать бы за стогом стог –
Шапку воздуха, что томит;
Распороть, разорвать мешок,
В котором тмин зашит.

Чтобы розовой крови связь,
Этих сухоньких трав звон,
Уворованная нашлась
Через век, сеновал, сон.

1922

Leis die Wolle streicheln, sich im Stroh verstecken
Und winters hungern wie der Apfelbaum im Bast,
Sich zärtlich ohne Skrupel nach dem Fremden recken
Und in die Leere tasten, duldend, ohne Hast.

Solln düstere Gestalten durch den Schnee hinjagen
Wie Schafe, schon gewärtig ihres frühen Falls –
Der eine muß winters Wermut, herben Rauch ertragen,
Der andre feierlicher Kränkung bittres Salz.

Ach könnt ich, die Laterne schaukelnd überm Kopfe,
Der Hund voran, unterm Salz der Sterne gehn,
Zum Hof der Weisen Frau, mit einem Hahn im Topfe.
Doch in den Augen brennt der weiße weiße Schnee.

1922   *Deutsch von Hubert Witt*

Ich weiß nicht, seit wann dies Lied
In meinen Ohren girrt –
Mir ist, als raschelt ein Dieb,
Und der Mückenkönig sirrt.

Ich will am liebsten von nichts
Mehr reden – und mach die Nacht
Mit schnarrendem Streichholzblitz,
Mit rempelnder Schulter wach,

Lüpf wie stickiges Stroh
Die Mütze Luft, die mich quält,
Schüttel den Sack auf, wo
Man Kümmel hineingenäht,

Daß sich rosa Blutes Verbindung,
Dieses Knistern von dürrem Kraut,
Die gestohlene, wiederfinde
Durch: das Heu, die Epoche, den Traum.

1922   *Deutsch von Hubert Witt*

МОСКОВСКИЙ ДОЖДИК

. . .Он подает куда как скупо
Свой воробьиный холодок –
Немного нам, немного купам,
Немного вишням на лоток.

И в темноте растет кипенье –
Чаинок легкая возня, –
Как бы воздушный муравейник
Пирует в темных зеленях.

И свежих капель виноградник
Зашевелился в мураве, –
Как будто холода рассадник
Открылся в лапчатой Москве!

1922

ВЕК

Век мой, зверь мой, кто сумеет
Заглянуть в твои зрачки
И своею кровью склеит
Двух столетий позвонки?
Кровь-строительница хлещет
Горлом из земных вещей,
Захребетник лишь трепещет
На пороге новых дней.

Тварь, покуда жизнь хватает,
Донести хребет должна,
И невидимым играет
Позвоночником волна.
Словно нежный хрящ ребенка,
Век младенческий земли.
Снова в жертву, как ягненка,
Темя жизни принесли.

KLEINER MOSKAUER REGEN

Er serviert uns ziemlich geizig
Zum Abend seine Spatzenfrische:
Ein bißchen uns, etwas den Bäumen
Den Rest den Tischen mit den Kirschen.

Und in der Finsternis wächst das Brodeln –
Von Teeblättern ein leichtes Treiben –
Als würde ein Ameisenhaufen oben
Im Dunkelgrünen einen heben

Ein Weinberg aus ganz frischen Tropfen
Bewegt sich leicht im jungen Gras.
Als hätte sich ein Nest von Kälte
Im weitverzweigten Moskau aufgetan.

1922   *Deutsch von Rainer Kirsch*

Meine Zeit, mein Raubtier, deinem
Aug – hält ihm ein Auge stand?
Wer, Jahrhunderte zu einen,
Knüpft mit seinem Blut das Band?
Erdendinge, Blut, in jedem:
Blutstrahl, der zu bauen wagt.
Nur wer aß, was andre säten,
Strauchelt, wo das Neue tagt.

Das Geschöpf, bis hin zum Ziele
Schleppts sein Rückgrat, Jahr um Jahr.
Und die Wellenhände spielen
Mit den Wirbeln unsichtbar.
Weich, ein Kindesknorpel, dieser
Jugendlichen Erde Zeit.
An des Lebens Schädel, wieder,
Legen sie das Opferscheit.

Чтобы вырвать век из плена,
Чтобы новый мир начать,
Узловатых дней колена
Нужно флейтою связать.
Это век волну колышет
Человеческой тоской,
И в траве гадюка дышит
Мерой века золотой.

И еще набухнут почки,
Брызнет зелени побег,
Но разбит твой позвоночник,
Мой прекрасный жалкий век!
И с бессмысленной улыбкой
Вспять глядишь, жесток и слаб,
Словно зверь, когда-то гибкий,
На следы своих же лап.

Кровь-строительница хлещет
Горлом из земных вещей
И горящей рыбой мещет
В берег теплый хрящ морей.
И с высокой сетки птичьей,
От лазурных влажных глыб
Льется, льется безразличье
На смертельный твой ушиб.

1922

НАШЕДШИЙ ПОДКОВУ

Глядим на лес и говорим:
Вот лес корабельный, мачтовый,
Розовые сосны,
До самой верхушки свободные от мохнатой ноши,
Им бы поскрипывать в бурю,
Одинокими пиниями,
В разъяренном безлесном воздухе.

Dieses Leben freizuschlagen,
Daß hier neu die Welt beginnt,
Heißts die knotigen, die Tage
Fügen, bis sie Flöten sind.
Sie, die Zeit, bewegt die Welle,
Schaukelt sie mit Menschenleid.
Dort im Gras die Ottern schnellen
Nach dem goldnen Maß der Zeit.

Blatt und Schößling treiben, eine
Knospe, eine zweite schwellt.
Doch du, Zeit, die mein ist, deine
Wirbel liegen da, zerschellt.
Stumpf, so lächelst du, die kranken
Glieder schleppend – du, das Tier!
Äugst, äugst rückwärts: jene Pranken,
Jene Spur dort, hinter dir . . .

1922   *Deutsch von Paul Celan*

DER HUFEISEN-FINDER

Wir sehen den Wald an und sagen:
Da, ein Schiffswald, ein Mastenwald,
Rosenfarbene Kiefern,
Frei von jeglicher Mooslast bis in die Wipfel –:
Sie sollten knarren im Sturm,
In entfesselter, waldloser Luft,
Als einsame Pinien;

Под соленою пятою ветра устоит отвес,
                    пригнанный к пляшущей палубе,
И мореплаватель,
В необузданной жажде пространства,
Влача через влажные рытвины хрупкий прибор
                    геометра,
Сличит с притяженьем земного лона
Шероховатую поверхность морей.
А вдыхая запах
Смолистых слез, проступивших сквозь обшивку
                    корабля,
Любуясь на доски,
Заклепанные, слаженные в переборки
Не вифлеемским мирным плотником, а другим –
Отцом путешествий, другом морехода, –
Говорим:
И они стояли на земле,
Неудобной, как хребет осла,
Забывая верхушками о корнях,
На знаменитом горном кряже,
И шумели под пресным ливнем,
Безуспешно предлагая небу выменять на щепотку
                    соли
Свой благородный груз.

С чего начать?
Всё трещит и качается.
Воздух дрожит от сравнений.
Ни одно слово не лучше другого,
Земля гудит метафорой,
И легкие двуколки,
В броской упряжи густых от натуги птичьих стай,
Разрываются на части,
Соперничая с храпящими любимцами ристалищ.

Das Bleilot
Fühlt dann die salzige Ferse des Windes, bleibt fest,
Angepaßt an das tanzende Deck.
Und der Seefahrer,
Unbezähmbar in seinem Durst nach Weite und Raum,
Er schleppt die fragilen Apparate des Geometers durch
            die Wasserfurchen,
Er vergleicht die rauhe Fläche der Meere
Mit der Anziehung des Erdenschoßes.
Wir atmen den Duft
Der Harztränen, die aus der Schiffswand treten,
Weiden unsere Blicke
An vermieteten, schön in die Schotten gepaßten
Brettern und Bohlen
– Nicht der friedliche Mann aus Bethlehem wars,
            der das zimmerte,
Sondern ein andrer, der Vater
Der Fahrten, der Seefahrer-Freund –
Und sagen:
Auch sie standen einst auf der Erde,
Der wie ein Eselsrücken unbequemen,
Mit den Wipfeln die Wurzeln vergessend,
Auf der berühmten Gebirgskette,
Sie rauschten im Süßwasserregen
Und boten – erfolglos – dem Himmel ihre edle Last an
Für eine Prise Salz.

Wo beginnen?
Alles kracht in den Fugen und schwankt.
Die Luft erzittert vor Vergleichen.
Kein Wort ist besser als das andre,
Die Erde dröhnt von Metaphern
Und die leichten zweirädrigen Gefährte
Mit dem farbenfrohen Vogelgespann, den
            dichtgedrängten Vogelschwärmen,
Springen in Stücke
Im Wettkampf mit den schnaubenden Favoriten der
            Rennplätze.

Трижды блажен, кто введет в песнь имя.
Украшенная названьем песнь
Дольше живет среди других, –
Она отмечена среди подруг повязкой на лбу,
Исцеляющей от беспамятства, слишком сильного
                    одуряющего запаха,
Будь то близость мужчины,
Или запах шерсти сильного зверя,
Или просто дух чебра, растертого между ладоней.

Воздух бывает темным, как вода, и всё живое в
                    нем плавает, как рыба,
Плавниками расталкивая сферу,
Плотную, упругую, чуть нагретую, –
Хрусталь, в котором движутся колеса и
                    шарахаются лошади,
Влажный чернозем Нееры, каждую ночь
                    распаханный заново
Вилами, трезубцами, мотыгами, плугами.
Воздух замешен так же густо, как земля, –
Из него нельзя выйти, в него трудно войти.

Шорох пробегает по деревьям зеленой лаптой.
Дети играют в бабки позвонками умерших
                    животных.
Хрупкое летоисчисление нашей эры подходит
                    к концу.
Спасибо за то, что было:
Я сам ошибся, я сбился, запутался в счете.
Эра звенела, как шар золотой,
Полая, литая, никем не поддерживаемая,
На всякое прикосновение отвечала «да» и «нет».
Так ребенок отвечает:
«Я дам тебе яблоко», или «Я не дам тебе яблока».
И лицо его точный слепок с голоса, который
                    произносит эти слова.

Dreimal selig, wer einen Namen einführt ins Lied!
Das namengeschmückte Lied
Lebt länger inmitten der andern –
Es ist kenntlich gemacht inmitten seiner Gefährten
        durch eine Stirnbinde,
Die von Bewußtlosigkeit heilt, von allzu starken,
        betäubenden Gerüchen:
Von Männernähe,
Vom Geruch, der dem Fell starker Tiere entströmt,
Oder einfach vom Duft des zwischen den Handflächen
        zerriebenen Thymians.

Die Luft ist dunkel, wie das Wasser, und alles Lebendige
        schwimmt darin, wie die Fische,
Mit den Flossen sich den Weg bahnend durch eine Kugel,
Eine feste, federnde, leicht erhitzte –
Einen Kristall, darin sich Räder bewegen und Pferde
        scheuen,
Die feuchte Schwarzerde Neairas, neu umgebrochen
        jede Nacht
Mit Forke, Dreizack, Karst und Pflug.
Die Luft ist ebenso dicht gemischt wie die Erde –
Man tritt aus ihr nicht hinaus, sie betreten ist schwer.

Ein Rascheln läuft grün durchs Gehölz, ein Schlagholz;
Die Kinder knöcheln mit den Wirbelknochen verendeter
        Tiere.
Unsere fragile Zeitrechnung nähert sich dem Ende.
Dank für das, was war:
Ich selbst habe mich geirrt, bin aus dem Konzept
        gekommen, habe mich verrechnet.
Das Zeitalter klang, wie eine goldene Kugel,
Hohl und aus einem Guß, von keinem getragen,
Auf jede Berührung antwortete es mit „ja" und „nein".
So wie ein Kind antwortet:
„Ich geb dir den Apfel", oder: „Ich gebe dir den
        Apfel nicht."
Und sein Gesicht ist der genaue Abdruck der diese
        Worte sagenden Stimme.

Звук еще звенит, хотя причина звука исчезла.
Конь лежит в пыли и храпит в мыле,
Но крутой поворот его шеи
Еще сохраняет воспоминание о беге
            с разбросанными ногами,
Когда их было не четыре,
А по числу камней дороги,
Обновляемых в четыре смены,
По числу отталкиваний от земли пышущего
            жаром иноходца.
Так
Нашедший подкову
Сдувает с нее пыль
И растирает ее шерстью, пока она не заблестит;
Тогда
Он вешает ее на пороге,
Чтобы она отдохнула,
И больше уж ей не придется высекать искры
            из кремня.
Человеческие губы, которым больше нечего сказать,
Сохраняют форму последнего сказанного слова,
И в руке остается ощущенье тяжести,
Хотя кувшин
        наполовину расплескался,
                    пока его несли домой.

То, что я сейчас говорю, говорю не я,
А вырыто из земли, подобно зернам окаменелой
            пшеницы.
Одни
        на монетах изображают льва,
Другие –
        голову.
Разнообразные медные, золотые и бронзовые
            лепешки
С одинаковой почестью лежат в земле.
Век, пробуя их перегрызть, оттиснул на них свои
            зубы.
Время срезает меня, как монету,
И мне уж не хватает меня самого.

1923

Der Klang klingt fort, obgleich das, was ihn auslöste,
            dahin ist.
Ein Pferd liegt im Staub, schaumbedeckt, schnaubend,
Doch sein jäh gewendeter Hals
Bewahrt noch die Erinnerung an den Lauf mit weit
            auseinandergeworfenen Beinen:
Als ihrer nicht vier waren,
Sondern so viele als Steine am Weg lagen,
Viermal gewechselt – sooft
Als der feuerschnaubende Zelter abstieß vom Boden.
Und der
Das Hufeisen fand,
Er bläst es vom Staub rein,
Reibt es mit Wolle blank,
Sodann
Hängt er es über der Hausschwelle auf;
Da soll es nun ausruhn
Und nie wieder Funken schlagen müssen aus Kieselsteinen.
Die menschlichen Lippen, die nichts mehr zu sagen haben,
Bewahren die Form des letzten Worts, das sie sagten,
Und die Hand, sie spürt noch das volle Gewicht des Krugs,
Den sie zur Hälfte verschüttete, als sie ihn heimtrug.

Was ich jetzt sage, sage nicht ich,
Sondern es ist ausgegraben aus der Erde, wie das
            versteinerte Weizenkorn.
Die einen bilden einen Löwen ab auf den Münzen,
Die andern einen Kopf;
Allerlei kupferne, goldene, bronzene Scheibchen
Ruhn in der Erde, die einen so ehrenvoll wie die andern.
Das Zeitalter, das sie zu durchnagen versuchte,
            prägte ihnen seine Zähne auf.
Die Zeit sägt an mir wie an einer Münze,
Und ich – ich reiche mir ja selber nicht aus.

1923   *Deutsch von Paul Celan*

ГРИФЕЛЬНАЯ ОДА

> Мы только с голоса поймем,
> Что там царапалось, боролось...

Звезда с звездой – могучий стык,
Кремнистый путь из старой песни,
Кремня и воздуха язык,
Кремень с водой, с подковой перстень,
На мягком сланце облаков
Молочный грифельный рисунок –
Не ученичество миров,
А бред овечьих полусонок.

Мы стоя спим в густой ночи
Под теплой шапкою овечьей.
Обратно, в крепь, родник журчит
Цепочкой, пеночкой и речью.
Здесь пишет страх, здесь пишет сдвиг
Свинцовой палочкой молочной,
Здесь созревает черновик
Учеников воды проточной.

Крутые козьи города,
Кремней могучее слоенье,
И все-таки еще гряда –
Овечьи церкви и селенья!
Им проповедует отвес,
Вода их учит, точит время;
И воздуха прозрачный лес
Уже давно пресыщен всеми.

Как мертвый шершень возле сот,
День пестрый выметен с позором.
И ночь-коршунница несет
Горящий мел и грифель кормит.
С иконоборческой доски
Стереть дневные впечатленья,
И, как птенца, стряхнуть с руки
Уже прозрачные виденья!

GRIFFEL-ODE

Der Stern zum Stern, machtvoll gefügt –
Der Kiesweg aus dem alten Liede –
Kies spricht und Luft, Hufeisen spricht
Zum Ring, das Wasser spricht zum Kiesel –
Die Griffel-Zeichnung, milchig an
Der Wolken weicher Schiefertafel –
Nicht Welten-Schule – nein, ein Wahn,
Ein Halbschlaf-Traum, geträumt von Schafen.

Die Schafsfellmütze wärmt uns gut,
Die Nacht ist dicht, wir schlafen, stehend.
Zurück ins Feste kehrt die Flut,
Als Kettlein, leichter Schaum und Rede.
Hier schreibt die Angst, hier rückt der Stift,
Der bleiern-milchige, im Fernen;
Hier reift die Kladde mit der Schrift
All jener, die beim Wasser lernen.

Dort: Städte, Ziegenstädte, steil;
Der Kiesel, schroff emporgeschichtet –
Und darin, dennoch, Beeten gleich:
Die Lämmersiedlungen und -kirchen!
Die Zeit gibt Form, das Wasser lehrt,
Das Bleilot hält ihnen die Predigt,
Der Wald der Luft, durchsichtig, er:
Von ihnen allen längst gesättigt.

Der bunte Tag – verjagt: die Wabe
Ist reingefegt von dir, Hornisse!
Die Nacht, sie kommt, im Geierschnabel
Die Flammenkreide, atzt den Griffel.
O wär'n sie von der Tafel fort,
All die vom Tag geprägten Male!
Und die Erscheinungen, die blassen dort:
Verscheucht, wie Nestlinge, sie alle!

Плод нарывал. Зрел виноград.
День бушевал, как день бушует.
И в бабки нежная игра,
И в полдень злых овчарок шубы.
Как мусор с ледяных высот –
Изнанка образов зеленых –
Вода голодная течет,
Крутясь, играя, как звереныш.

И как паук ползет ко мне, –
Где каждый стык луной обрызган,
На изумленной крутизне
Я слышу грифельные визги.
Твои ли, память, голоса
Учительствуют, ночь ломая,
Бросая грифели лесам,
Из птичьих клювов вырывая?

Мы только с голоса поймем,
Что там царапалось, боролось,
И черствый грифель поведем
Туда, куда укажет голос.
Ломаю ночь, горящий мел,
Для твердой записи мгновенной.
Меняю шум на пенье стрел,
Меняю строй на трепет гневный.

Кто я? Не каменщик прямой,
Не кровельщик, не корабельщик, –
Двурушник я, с двойной душой,
Я ночи друг, я дня застрельщик.
Блажен, кто называл кремень
Учеником воды проточной!
Блажен, кто завязал ремень
Подошве гор на твердой почве!

И я теперь учу дневник
Царапин грифельного лета,
Кремня и воздуха язык,
С прослойкой тьмы, с прослойкой света,

Die Frucht – sie schwärt. Die Traube – rund.
Der Tag, wie eh und je: Getöse.
Und Knöchelspiel, so rührend, und
Mittags die Schäferhunde, böse...
Wie Schutt, herab von eisgen Höhn –
Der grünen Formen Schattenseite –
Das Wasser, hungrig, wirbelt, strömt
– Ein junges Tier, so tollts –, es gleitet

Wie eine Spinne zu mir her,
Wo mondbespritzt die Fugen klaffen –
Ich hör das Griffel-Knirschen, hör
Die sprachlose, die steile Tafel.
Erteilst, Gedächtnis, Unterricht?
Sinds deine Stimmen, die da reden?
Die Nacht – entzwei? Entrangst den Stift,
Den Schieferstift den Vogelschnäbeln?

Nur aus der Stimme zu verstehn,
Was sich dort eingeritzt, im Streite –
Wir führn den spröden Stift – er geh
Dorthin, wohin die Stimme deutet.
Ich brech die Flammenkreide Nacht,
Halt Worte fest, vorbeigeglitten,
Tausch Lautes gegen Pfeilgesang,
Tausch Ordnung gegen Zorn und Zittern.

Wer bin ich denn? Ich baue nicht,
Ich deck kein Dach, befahr nicht Meere:
Zweihänder, doppelseelig, ich,
Der Freund der Nacht, des Tags Gefährte...
Wer da vom harten Stein gesagt,
Er sei des Wassers Schüler – selig!
Und wer euch, Berge, die ihr ragt,
Den Fuß am Boden festhält – selig!

Das Tagebuch studiere ich
Des Sommers mit den Griffelzeichen,
Studier, wie Luft, wie Kiesel spricht,
Die Lichtspur drin, die Dunkelheiten.

И я хочу вложить персты
В кремнистый путь из старой песни,
Как в язву, заключая в стык
Кремень с водой, с подковой перстень.

1923

Язык булыжника мне голубя понятней,
Здесь камни – голуби, дома как голубятни,
И светлым ручейком течет рассказ подков
По звучным мостовым прабабки городов.
Здесь толпы детские – событий попрошайки,
Парижских воробьев испуганные стайки –
Клевали наскоро крупу свинцовых крох –
Фригийской бабушкой рассыпанный горох,
И в памяти живет плетеная корзинка,
И в воздухе плывет забытая коринка,
И тесные дома – зубов молочных ряд
На деснах старческих – как близнецы стоят.
Здесь клички месяцам давали, как котятам,
А молоко и кровь давали нежным львятам;
А подрастут они – то разве года два
Держалась на плечах большая голова!
Большеголовые там руки поднимали
И клятвой на песке как яблоком играли.
Мне трудно говорить: не видел ничего,
Но все-таки скажу, – я помню одного,
Он лапу поднимал, как огненную розу,
И, как ребенок, всем показывал занозу.
Его не слушали: смеялись кучера,
И грызла яблоки, с шарманкой, детвора;
Афиши клеили, и ставили капканы,
И пели песенки, и жарили каштаны,
И светлой улицей, как просекой прямой,
Летели лошади из зелени густой.

1923

74

Könnt ich die Finger in den Kies
Des Lieds von einst tun, wie in eine Wunde,
So daß ich Wasser dort und Stein zusammenschließ,
Den Huf- zum Fingerring dort unten ...

1923   *Deutsch von Paul Celan*

Der Pflasterstein spricht mir verständlicher als die Taube:
Hier sind die Steine Tauben, die Häuser Taubenbaue
Als heller Bach fließt, was die Hufeisen erzählen
Übers Pflaster der Urgroßmutter der Städte.
Hier pickten kindliche Scharen, der Historie Bettler
Der Vogelstadt Paris erschrockene Spatzenschwärme
Hastig die Grütze der bleiernen Brösel
Erbsen aus der phrygischen Großmutter Schüssel
Und im Gedächtnis lebt ein Flechtkorb voll mit Spänen
Und in der Luft schwebt eine vergessene Korinthe
Und enggerückte Häuser – der Milchzähne Reihe –
Stehen wie Zwillinge auf Zahnfleisch alter Weiber.
Monaten gab man Namen hier wie jungen Hunden
Und Milch und Blut gab man den zarten Löwenjungen
Doch wuchsen sie heran, hielt knapp zwei Jahre noch
Auf ihren Schultern sich der große Kopf.
Die mit dem großen Kopf erhoben hier die Hände
Und spielten mit dem Eid im Sand, als wärens Äpfel.
Mir fällt es schwer zu reden, ich hab nichts gesehn
Doch kann ich sagen, ich erinnere mich an einen
Der seine Pranke hob wie eine Rose aus Feuer
Und allen wie ein Kind den Splitter darin zeigte.
Man hörte nicht auf ihn, die Kutscher lachten
Kinder benagten Äpfel um den Leierkasten
Man stellte Fallen auf, klebte Plakate
Man sang Liedchen bei Tag und röstete Kastanien
Und durch die helle Straße, wie durch Schneisen hin
Flogen die Pferde aus dem dichten Grün.

1923   *Deutsch von Rainer Kirsch*

1 ЯНВАРЯ 1924

Кто время целовал в измученное темя, –
С сыновней нежностью потом
Он будет вспоминать, как спать ложилось время
В сугроб пшеничный за окном.
Кто веку поднимал болезненные веки –
Два сонных яблока больших, –
Он слышит вечно шум, когда взревели реки
Времен обманных и глухих.

Два сонных яблока у века-властелина
И глиняный прекрасный рот,
Но к млеющей руке стареющего сына
Он, умирая, припадет.
Я знаю, с каждым днем слабеет жизни выдох,
Еще немного – оборвут
Простую песенку о глиняных обидах
И губы оловом зальют.

О глиняная жизнь! О умиранье века!
Боюсь, лишь тот поймет тебя,
В ком беспомóщная улыбка человека,
Который потерял себя.
Какая боль – искать потерянное слово,
Больные веки поднимать
И, с известью в крови, для племени чужого
Ночные травы собирать.

Век. Известковый слой в крови больного сына
Твердеет. Спит Москва, как деревянный ларь,
И некуда бежать от века-властелина. . .
Снег пахнет яблоком, как встарь.
Мне хочется бежать от моего порога.
Куда? На улице темно,
И, словно сыплют соль мощеною дорогой,
Белеет совесть предо мной.

По переулочкам, скворешням и застрехам,
Недалеко, собравшись как-нибудь, –
Я, рядовой седок, укрывшись рыбьим мехом,
Всё силюсь полость застегнуть.

DER ERSTE JANUAR 1924

Die Zeit, wer ihr die Stirn geküßt, die wundgequälte,
Er denkt, ein Sohn, noch oft in Zärtlichkeit,
Wie sie, die Zeit, sich draußen schlafen legte
Im hochgehäuften Weizen, im Getreid.
Wer des Jahrhunderts Lider je emporgehoben
– Die beiden Schlummeräpfel, schwer und groß –,
Der hört Geräusch, der hört die Ströme tosen
Der lügenhaften Zeiten, pausenlos.

Jahrhundert, herrisches, mit lehmig-schönem Munde
Und zweien Äpfeln, schlafend – doch
Eh's stirbt: zur Hand des Sohns, die schrumpfte,
Neigt es sich mit der Lippe noch.
Der Lebenshauch, ich weiß, verebbt mit jedem Tage,
Ein kleines noch, ein kleines – und
Erstorben ist das Lied von Kränkung, Lehm und Plage,
Mit Blei versiegeln sie dir diesen Mund.

O Lehm-und-Leben! O Jahrhundert-Sterben!
Nur dem, ich fürcht, erschließt er sich, dein Sinn,
In dem ein Lächeln war, ein hilfloses – dem Erben,
Dem Menschen, der sich selbst verlorenging.
O Schmerz, o das verlorne Wort zu suchen,
O Lid und Lid zu heben, krank und schwach,
Geschlechtern, fremdesten, mit Kalk in deinem Blute
Das Gras zu pflücken und das Kraut der Nacht!

Die Zeit. Der Kalk im Blut des kranken Sohnes
Wird hart. Die Truhe Moskau, hölzern, schläft.
Die Zeit, die Herrscherin. Und nirgends ein Entkommen ...
Der Apfeldunst des Schnees, wie eh und je.
Die Schwelle hier: ich wollt, ich könnt sie lassen.
Wohin? Die Straße – Dunkelheit.
Und, als wärs Salz, so weiß, dort auf dem Pflaster,
Liegt mein Gewissen vor mich hingestreut.

Durch Gassen hin, verwinkelte, durch Schlippen
Geht nun die Reise, irgendwie:
Ein schlechter Fahrgast sitzt in einem Schlitten,
Zerrt sich die Decke übers Knie.

Мелькает улица, другая,
И яблоком хрустит саней морозный звук,
Не поддается петелька тугая,
Всё время валится из рук.

Каким железным, скобяным товаром ˙
Ночь зимняя гремит по улицам Москвы,
То мерзлой рыбою стучит, то хлещет паром
Из чайных розовых, как серебром плотвы.
Москва – опять Москва. Я говорю ей: «Здравствуй!
Не обессудь, теперь уж не беда,
По старине я уважаю братство
Мороза крепкого и щучьего суда».

Пылает на снегу аптечная малина,
И где-то щелкнул ундервуд.
Спина извозчика и снег на пол-аршина:
Чего тебе еще? Не тронут, не убьют.
Зима-красавица, и в звездах небо козье
Рассыпалось и молоком горит,
И конским волосом о мерзлые полозья
Вся полость трется и звенит.

А переулочки коптили керосинкой,
Глотали снег, малину, лед,
Всё шелушится им советской сонатинкой,
Двадцатый вспоминая год.
Ужели я предам позорному злословью –
Вновь пахнет яблоком мороз –
Присягу чудную четвертому сословью
И клятвы крупные до слез?

Кого еще убьешь? Кого еще прославишь?
Какую выдумаешь ложь?
То ундервуда хрящ: скорее вырви клавиш –
И щучью косточку найдешь;
И известковый слой в крови больного сына
Растает, и блаженный брызнет смех...
Но пишущих машин простая сонатина –
Лишь тень сонат могучих тех.

1924

Die Gassen, schimmernd, Gassen, Abergassen,
Die Kufe knirscht wie Äpfel unterm Zahn.
Die Schlaufe da, ich krieg sie nicht zu fassen,
Sie wills nicht, und die Hand ist klamm.

Nacht, Kärrnerin, mit was für Schrott und Eisen
Kommst du durch Moskau hergerollt?
Da schlagen Fische auf, und da, aus rosigen Häusern,
Dampfts dir entgegen – Schuppengold!
Moskau, aufs neue. Ach, ich grüß dich, wieder!
Vergib, verzeih – mein Unglück war nicht groß.
Ich nenn sie gern, wie immer, meine Brüder:
Den Spruch des Hechts und ihn, den harten Frost!

Der Schnee im Himbeerlicht der Apotheke...
Ein Klappern, fernher, eine Underwood...
Der Kutscherrücken... Die verwehten Wege...
Was willst du mehr? Sie bringen dich nicht um.
Der Winter – schön. Und himmelhin die weiße,
Die Sternenmilch – es strömt, verströmt und blinkt.
Die Roßhaardecke knirscht an den vereisten,
Den Kufen hin – die Roßhaardecke singt!

Die Gäßchen, qualmend, das Petroleum, immer –:
Verschluckt der Schnee, der himbeerfarben war.
Sie hörn die Sowjet-Sonatine klimpern,
Erinnern sich ans zwanziger Jahr.
Reißt es mich hin zu Schmäh- und Lästerworten?
– Der Apfelduft des Frosts, aufs neue er –
O Eid, den ich dem vierten Stand geschworen!
O mein Gelöbnis, tränenschwer!

Wen bringst du um noch? Wen wirst du noch rühmen?
Und welche Lüge, sag, fällt dir noch bei?
Reiß jene Knorpel weg, die Tasten der Maschine:
Vom Hecht die Gräte legst du frei.
Der Kalk im Blut des kranken Sohns: er schwindet.
Ein Lachen, selig, macht sich los –
Sonaten, mächtige... Die kleine Sonatine
Der Schreibmaschine –: deren Schatten bloß!

1924   *Deutsch von Paul Celan*

Нет, никогда, ничей я не был современник,
Мне не с руки почет такой.
О, как противен мне какой-то соименник,
То был не я, то был другой.

Два сонных яблока у века-властелина
И глиняный прекрасный рот,
Но к млеющей руке стареющего сына
Он, умирая, припадет.

Я с веком поднимал болезненные веки –
Два сонных яблока больших,
И мне гремучие рассказывали реки
Ход воспаленных тяжб людских.

Сто лет тому назад подушками белела
Складная легкая постель,
И странно вытянулось глиняное тело, –
Кончался века первый хмель.

Среди скрипучего похода мирового
Какая легкая кровать!
Ну что же, если нам не выковать другого, –
Давайте с веком вековать.

И в жаркой комнате, в кибитке и в палатке
Век умирает, а потом
Два сонных яблока на роговой облатке
Сияют перистым огнем.

1924

Сегодня ночью, не солгу,
По пояс в тающем снегу
Я шел с чужого полустанка,
Гляжу – изба, вошел в сенцы –
Чай с солью пили чернецы,
И с ними балует цыганка.

War niemands Zeitgenosse, wars in keiner Weise,
Solch Ehre ist zu hoch für mich.
Ein Greuel, wer da heißt, wie sie mich heißen,
Das war ein andrer, war nicht ich.

Zwei Schlummeräpfel nennt die Zeit ihr eigen,
Ihr Herrschermund ist lehmig-schön.
Doch wird er sich der welken Hand entgegenneigen
Des Sohns, der altert, im Vergehn.

Mit ihr, der Zeit, hob ich empor die Lider,
Die schmerzenden, das Schlummerapfelpaar,
Und sie, die Ströme, sie erzähltens wieder:
Wie Menschenzwist entbrannte, Jahr um Jahr.

Ein Faltbett, leicht, das schimmerte von Kissen,
Vor hundert Jahren... Tönern, fremd,
So streckt' sich drauf ein Leib, dem Schlaf entrissen:
Der erste Rausch der Zeit – zu End.

Der Welten Rasselschritt, und dies, inmitten:
Dies Bett hier, leicht, so leicht.
Nun, da wir keine sonst zusammenschmieden,
So laßt uns zeiten mit der Zeit.

In heißen Stuben, unter Zelten, Plachen,
Da stirbt die Zeit – und alsobald:
Das Schlummerapfelpaar, auf hörnerner Oblate,
Es leuchtet, weiß, es strahlt.

1924   *Deutsch von Paul Celan*

In dieser Nacht – ich werd nicht lügen –
Durch tauenden Schnee bis an den Gürtel
Kam ich von fremder Bahnstation.
Ich geh – ein Bauernhaus – ich seh:
Mönche trinken gesalznen Tee
Eine Zigeunerin macht sie froh.

У изголовья, вновь и вновь
Цыганка вскидывает бровь,
И разговор ее был жалок.
Она сидела до зари
И говорила: «Подари
Хоть шаль, хоть что, хоть полушалок».

Того, что было, не вернешь,
Дубовый стол, в солонке нож,
И вместо хлеба еж брюхатый.
Хотели петь – и не смогли,
Хотели встать – дугой пошли
Через окно на двор горбатый.

И вот проходит полчаса,
И гарнцы черного овса
Жуют, похрустывая, кони.
Скрипят ворота на заре,
И запрягают на дворе.
Теплеют медленно ладони.

Холщовый сумрак поредел.
С водою разведенный мел,
Хоть даром, скука разливает,
И сквозь прозрачное рядно
Молочный день глядит в окно
И золотушный грач мелькает.

1925

Жизнь упала, как зарница,
Как в стакан воды – ресница.
Изолгавшись на корню,
Никого я не виню.

Хочешь яблока ночного,
Сбитню свежего, крутого,
Хочешь, валенки сниму,
Как пушинку подниму.

Und die Zigeunerin noch und noch
Reißt ihre Augenbrauen hoch
Und kläglich, kläglich war ihr Spruch –
Sie hockte bis zum Morgenrot
Und sagte: Schenk mir, schenk mir doch
Ein Tuch, ein' Schal, ein halbes Tuch.

Was war, ist fort, du holst es nicht
Messer im Salz, ein Eichentisch
Ein fetter Igel statt des Brots –
Sie konnten nicht und wollten singen
Sie wollten aufstehn und sie gingen
Im Bogen durchs Fenster auf den Hof.

So geht die Stunde um, die halbe
Und Metzen schwarzen Hafers mahlen
Die Pferde knirschend unterm Zahn
Es knarrt im Morgengraun das Tor
Im Hof spannt man die Pferde vor
Die Hand wird innen langsam warm.

Leinen, die Dämmerung, lichtet sich
In Wasser aufgelöster Gips
Schenkt gratis Langeweile aus;
Und durch das grobgewebte Leinen
Milchig der Tag ins Fenster scheint
Und eine skrofulöse Saatkrähe blitzt auf.

1925   *Deutsch von Rainer Kirsch*

Ferner Blitz – das Leben fiel
Wie ins Wasserglas die Wimper
Lügenschwer schon auf dem Halm –
Keinen, niemand klag ich an.

Willst du einen Schlummerapfel
Heißen Honigtee zum Abend?
Ziehn wir dir die Stiefel aus
Heben dich, ein Flöckchen, auf?

Ангел в светлой паутине
В золотой стоит овчине,
Свет фонарного луча –
До высокого плеча.

Разве кошка, встрепенувшись,
Черным зайцем обернувшись,
Вдруг простегивает путь,
Исчезая где-нибудь.

Как дрожала губ малина,
Как поила чаем сына,
Говорила наугад,
Ни к чему и невпопад.

Как нечаянно запнулась,
Изолгалась, улыбнулась –
Так, что вспыхнули черты
Неуклюжей красоты.

Есть за куколем дворцовым
И за кипенем садовым
Заресничная страна, –
Там ты будешь мне жена.

Выбрав валенки сухие
И тулупы золотые,
Взявшись за руки, вдвоем,
Той же улицей пойдем,

Без оглядки, без помехи
На сияющие вехи –
От зари и до зари
Налитые фонари.

1925

Engel hell im Spinngewebe
Steht im goldnen Schaffell, steht
Schweigend im Laternenstrahl
Schulterhoch vom Licht bemalt.

Wie die aufgeschreckte Katze
Die, verhext zum schwarzen Hasen
Jäh den Weg steppt hinterm Hof
Und verschwindet irgendwo.

Himbeerlippen, zitternd – wie mit
Tee den Sohn du tränktest, wie du
Irgendwelche Worte sprachst
Keins zur Zeit, und keines traf ...

Wie du stocktest, schwiegst, und mühsam
Lächeltest, und fielst in Lügen
Und verzerrte Schönheit schien
Hilflos still durch dein Gesicht ...

Hinterm Mönchshut der Paläste
Hinterm Schaum von tausend Gärten
Wimpernjenseits liegt ein Land
Dort gehört dir meine Hand.

Und wir nehmen trockene Stiefel
Goldne Bauernpelze, Zwiebeln
Halten unsre Hände, gehn
Jene Straße weiter, sehn

Uns nicht um, gehn frei und leicht
Nach den brennend hellen Zeichen
Abendaus zum Frührot hin –
Zwei Laternen, voll von Licht.

1925   *Deutsch von Rainer Kirsch*

Стихи 1930–1937 годов

Gedichte 1930–1937

АРМЕНИЯ

1

Ты розу Гафиза колышешь
И нянчишь зверушек-детей,
Плечьми осьмигранными дышишь
Мужицких, бычачьих церквей.

Окрашена охрою хриплой,
Ты вся далеко за горой,
А здесь лишь картинка налипла
Из чайного блюдца с водой.

2

Ты красок себе пожелала –
И выхватил лапой своей
Рисующий лев из пенала
С полдюжины карандашей.

Страна москательных пожаров
И мертвых гончарных равнин,
Ты рыжебородых сардаров
Терпела средь камней и глин.

Вдали якорей и трезубцев,
Где жухлый почил материк,
Ты видела всех жизнелюбцев,
Всех казнелюбивых владык.

И, крови моей не волнуя,
Как детский рисунок просты,
Здесь жены проходят, даруя
От львиной своей красоты.

Как люб мне язык твой зловещий,
Твои молодые гроба,
Где буквы – кузнечные клещи
И каждое слово – скоба.

ARMENIEN

1

Du wiegst die Rose des Hafis
Und Kinder, zartes Getier:
Mit achteckigen Schultern atmest du
Stiernackiger Bauernkirchen.

Mit heiserem Ocker getüncht
Bist du ganz hinter den Bergen.
Uns bleibt nur ein Abziehbild
In Wasser auf einem Teller.

2

Du hattest dir Farben gewünscht –
Und mit der Pranke zog
Der zeichnende Löwe für dich
Buntstifte, ein Viertelschock.

Land der muskatenen Brände
Und toter Töpferebenen –
Die rotbärtigen Serdaren
Ertrugst du zwischen Stein und Lehm.

Weit von Dreizack und Segeln
Wo faulig das Festland ruht
Sahst du doch, die gern leben:
All die Herrscher, folterfroh, stumm.

Und ohne mein Blut zu treiben
Einfach wie ein Kinderbild
Gehn hier die Frauen und teilen
Ihre Löwinnenschönheit mit.

Lieb ist mir deine böse Sprache
Deiner jungen Särge Band.
Deine Buchstaben – Schmiedezangen.
Jedes Wort – eine eiserne Klammer.

3

Ах, ничего я не вижу, и бедное ухо оглохло,
Всех-то цветов мне осталось лишь сурик да
хриплая охра.

И почему-то мне начало утро армянское сниться,
Думал – возьму посмотрю, как живет в Эривани
синица,

Как нагибается булочник, с хлебом играющий
в жмурки,
Из очага вынимает лавашные влажные шкурки. . .

Ах, Эривань, Эривань, иль птица тебя рисовала,
Или раскрашивал лев, как дитя, из цветного пенала?

Ах, Эривань, Эривань, не город – орешек каленый,
Улиц твоих большеротых кривые люблю вавилоны.

Я бестолковую жизнь, как мулла свой коран,
замусолил,
Время свое заморозил и крови горячей не пролил.

Ах, Эривань, Эривань, ничего мне больше не надо,
Я не хочу твоего замороженного винограда!

4

Закутав рот, как влажную розу,
Держа в руках осьмигранные соты,
Всё утро дней на окраине мира
Ты простояла, глотая слезы.

И отвернулась со стыдом и скорбью
От городов бородатых Востока,
И вот лежишь на москательном ложе,
И с тебя снимают посмертную маску.

3

Ach, ich seh nichts, taub wurde das arme, das Ohr –
Von allen Farben blieb mir nur Mennig und heiseres Ocker.

Und, ich weiß nicht wie, kommt mir Armeniens Morgen
                im Traum
Und ich dachte, geh nachsehn, wie lebt die Meise in Eriwan

Und wie beugt sich der Bäcker und spielt Blindekuh
                mit dem Brot
Und zieht die feuchten Lawasch-Fellchen aus dem Ofen.

Ach, Eriwan, Eriwan! hat dich ein Vogel gemalt
Oder der Löwe, wie ein Kind aus der Farbenschale?

Ach, Eriwan, Eriwan! Keine Stadt – geröstete Nuß.
Ich lieb deiner großmäuligen Straßen Babylons.

Abgriff ich mein kopfloses Leben wie der Mullah den Koran.
Meine Zeit erfror ich, mein heißes Blut hab ich gespart.

Ach, Eriwan, Eriwan! nichts mehr, das ich brauche.
Ich will nichts, und nicht deine gefrorenen Trauben.

4

Den Mund verhüllt, eine feuchte Rose
In deinen Händen achteckig Waben
Den ganzen Morgen der Tage am Rand der Welt
Standst du und schlucktest die Tränen.

Und wandtest in Scham und Trauer dich
Ab von den bärtigen Städten des Ostens
Nun da liegst du auf dem muskatenen Lager
Sie nehmen von dir die Totenmaske.

5

Руку платком обмотай и в венценосный шиповник,
В самую гущу его целлулоидных терний
Смело, до хруста ее погрузи, –
Добудем розу без ножниц!
Но смотри, чтобы он не осыпался сразу –
Розовый мусор – муслин – лепесток
      соломоновый –
И для шербета негодный дичок,
Не дающий ни масла, ни запаха.

6

Орущих камней государство –
Армения, Армения!
Хриплые горы к оружью зовущая –
Армения, Армения!
К трубам серебряным Азии вечно летящая –
Армения, Армения!
Солнца персидские деньги щедро раздаривающая –
Армения, Армения!

7

Не развалины, нет, но порубка могучего
      циркульного леса,
Якорные пни поваленных дубов звериного
      и басенного христианства,
Рулоны каменного сукна на капителях, как товар
      из языческой разграбленной лавки,
Виноградины с голубиное яйцо, завитки бараньих
      рогов
И нахохленные орлы с совиными крыльями, еще
      не оскверненные Византией.

5

Bind du ein Tuch um die Hand, in die gekrönte Heckenrose
Ganz ins Dickicht der Dornen aus Zelluloid
Senke sie kühn, bis das Knirschen kommt.
Die Rose hol ohne Schere.
Doch du sieh, daß er nicht zu früh abfällt
Rosener Kehricht, Musselin, Salomos Blütenblatt
Der für Sorbet nicht taugt, der Wildwuchs
Der weder Öl gibt, noch Duft.

6

Brüllender Steine Staat –
Armenien, Armenien!
In Waffen rufend heisere Berge –
Armenien, Armenien!
Zu Asiens silbernen Trompeten ewig. fliegendes –
Armenien, Armenien!
Freigebig teilend der Sonne persisches Geld –
Armenien, Armenien!

7

Nicht Ruinen, nein. Holzschlag mächtiger Stempel
Baumstumpfanker gestürzter Eichen fabelhaft
    tierischer Christenheit
Auf Kapitellen Ballen steinernen Tuchs, wie aus
    geplünderten Heidenläden Ware
Weinbeeren wie Taubeneier, Spiralen bockshörnig
Und, gesträubt, Adler mit Eulenflügeln, noch nicht
    von Byzanz beschissen.

8

Холодно розе в снегу.
На Севане снег в три аршина...
Вытащил горный рыбак расписные лазурные сани.
Сытых форелей усатые морды
Несут полицейскую службу
На известковом дне.
А в Эривани и в Эчмиадзине
Весь воздух выпила огромная гора,
Ее бы приманить какой-то окариной
Иль дудкой приручить,
Чтоб таял снег во рту.
Снега́, снега́, снега́ на рисовой бумаге.
Гора плывет к губам.
Мне холодно. Я рад...

9

О порфирные цокая граниты,
Спотыкается крестьянская лошадка,
Забираясь на лысый цоколь
Государственного звонкого камня.
А за нею с узелками сыра,
Еле дух переводя, бегут курдины,
Примирившие дьявола и бога,
Каждому воздавши половину.

10

Какая роскошь в нищенском селеньи
Волосяная музыка воды!
Что это? Пряжа? Звук? Предупрежденье?
Чур-чур меня! Далёко ль до беды!

И в лабиринте влажного распева
Такая душная стрекочет мгла,
Как будто в гости водяная дева
К часовщику подземному пришла.

8

Es friert die Rose im Schnee.
Auf dem Sewán der Schnee liegt drei Arschin.
Vorzog der Bergfischer seinen bemalten himmelblauen
        Schlitten
Satter Forellen Bartschnauzen
Versehn Polizeidienst
Am Kalkgrund.
Aber in Eriwan, in Etschmiadsin
Die ganze Luft trank der riesige Berg aus
Man müßte ihn locken mit einer Okarina
Oder mit der Flöte zähmen
Daß der Schnee im Mund taut.
Schnee-e, Schnee-e, Schnee-e auf Reispapier.
Der Berg schwimmt zu den Lippen.
Mir ist kalt. Ich bin froh . . .

9

Auf porphyrnen Graniten klappernd
Stolpert ein Bauernpferdchen
Und steigt auf den kahlen Sockel
Des staatlichen tönenden Steins.
Und hinter ihm mit Käsebündeln
Kaum daß sie Atem haben, laufen Kurden
Die Gott und den Teufel versöhnten –
Sie gaben jedem die Hälfte.

10

Welcher Luxus im bettelarmen Dorf –
Des Wassers haarfeine Musik!
Was ist das? Ein Gespinst? Warnung? Ein Ton?
Hebe dich weg! Nah ist es zum Unglück!

Und in dem Labyrinth aus feuchtem Singen
Zirpt eine so sehr schwüle Finsternis
Als wär die Wasserjungfrau hier und bliebe
Bei einem unterirdischen Uhrmacher zur Nacht.

11

Я тебя никогда не увижу,
Близорукое армянское небо,
И уже не взгляну, прищурясь,
На дорожный шатер Арарата,
И уже никогда не раскрою
В библиотеке авторов гончарных
Прекрасной земли пустотелую книгу,
По которой учились первые люди.

12

Лазурь да глина, глина да лазурь,
Чего ж тебе еще? Скорей глаза сощурь,
Как близорукий шах над перстнем бирюзовым,
Над книгой звонких глин, над книжною землей,
Над гнойной книгою, над глиной дорогой,
Которой мучимся, как музыкой и словом.

16 октября–5 ноября 1930

Я вернулся в мой город, знакомый до слез,
До прожилок, до детских припухлых желез.

Ты вернулся сюда, – так глотай же скорей
Рыбий жир ленинградских речных фонарей.

Узнавай же скорее декабрьский денек,
Где к зловещему дегтю подмешан желток.

Петербург, я еще не хочу умирать:
У тебя телефонов моих номера.

Петербург, у меня еще есть адреса,
По которым найду мертвецов голоса.

11

Ich werd dich nie wieder sehen
Kurzsichtiger Himmel Armeniens
Und nie mehr blinzelnd betrachten
Das Reisezelt des Ararat
Und nie mehr werde ich in der
Bibliothek der Töpferautoren
Aufschlagen das Hohlbuch der herrlichen Erde
Aus dem lernten die ersten Menschen.

12

Azur und Tone, Tone und Azur –
Was brauchst du noch? Kneif schnell die Augen zu
Wie ein Schah kurzsichtig über türkisnem Hort
Über der Tone Buch, über bücherner Erde,
Über dem lieben Lehm, dem Buch voll Schwären
Mit dem wir quälen uns wie mit Musik und Wort.

16. Okt.–5. Nov. 1930   *Deutsch von Rainer Kirsch*

Ich bin zurück. Meine Stadt, bekannt bis zu Tränen
Bis zu den kindlich geschwollenen Drüsen, bis zu den Venen.

Also schluck eilig – du bist zurück aus dem Fernen –
Den Lebertran von Leningrads Uferlaternen.

Und kenn den Dezembertag wieder – und eil dich –
Wo der finstere Teer mit Eigelb gemischt ist.

Petersburg, ich will noch leben, ich auch:
Du hast die Telefonnummern, die ich brauche.

Petersburg, noch hab ich Adressen, an
Denen ich die Stimmen der Toten finden kann.

Я на лестнице черной живу, и в висок
Ударяет мне вырванный с мясом звонок.

И всю ночь напролет жду гостей дорогих,
Шевеля кандалами цепочек дверных.

Декабрь 1930

Мы с тобой на кухне посидим,
Сладко пахнет белый керосин.

Острый нож да хлеба каравай...
Хочешь, примус туго накачай,

А не то веревок собери
Завязать корзину до зари,

Чтобы нам уехать на вокзал,
Где бы нас никто не отыскал.

Январь 1931

С миром державным я был лишь ребячески связан,
Устриц боялся и на гвардейцев глядел исподлобья,
И ни крупицей души я ему не обязан,
Как я ни мучал себя по чужому подобью.

С важностью глупой, насупившись, в митре бобровой,
Я не стоял под египетским портиком банка,
И над лимонной Невою под хруст сторублевый
Мне никогда, никогда не плясала цыганка.

Чуя грядущие казни, от рева событий мятежных
Я убежал к нереидам на Черное море,
И от красавиц тогдашних, от тех европеянок нежных,
Сколько я принял смущенья, надсады и горя!

Ich wohne im Hinterhof. Gegen die Schläfe springen
Spür ich die mit dem Fleisch herausgerissene Klingel

Und die ganze Nacht erwarte ich liebe Gäste hier
Und klirr mit den Fesseln der Kette an meiner Tür.

Dezember 1930   *Deutsch von Rainer Kirsch*

Setzen wir uns in die Küche hin.
Süß riecht hier das weiße Kerosin.

Ein Laib Brot, dazu ein Messer, scharf ...
Willst du, pump den Primuskocher auf

Und wenn nicht, such Stricke vor der Tür
Daß vorm Morgen wir den Korb zuschnürn

Und zum Bahnhof fahren in der Frühe
Wo uns keiner sucht und niemand findet.

Januar 1931   *Deutsch von Rainer Kirsch*

Der Welt der Oberen war ich nur kindlich verbunden:
Ich fürchtete Austern, die Gardisten bestarrte ich wild
Und kein Korn Seele hab ich bei ihnen gefunden
So sehr ich mich lange quälte nach fremdem Bild.

Wichtig und dumm, bösbraug, in biberner Mitra
Stand ich nie unter den maurischen Säulen der Bank
Auf der zitronenfarbnen Newá zum Hundertrubelgeknister
Hat nie, niemals für mich die Zigeunerin getanzt.

Ich ahnte die Foltern. Vorm Gebrüll der meuternden Tage
Floh ich zu den Nereiden ans Schwarze Meer
Von den Schönen damals, den zärtlichen Frauen Europas
Wieviel empfing ich Qual, Verwirrung und Schmerz.

Так отчего ж до сих пор этот город довлеет
Мыслям и чувствам моим по старинному праву?
Он от пожаров еще и морозов наглеет,
Самолюбивый, проклятый, пустой, моложавый.

Не потому ль, что я видел на детской картинке
Леди Годиву с распущенной рыжею гривой,
Я повторяю еще про себя, под сурдинку:
«Леди Годива, прощай! Я не помню, Годива...»

Январь/февраль 1931

> «Ma voix aigre et fausse...»
> *P. Verlaine*

Я скажу тебе с последней
Прямотой:
Всё лишь бредни, шерри-бренди,
Ангел мой.

Там, где эллину сияла
Красота,
Мне из черных дыр зияла
Срамота.

Греки сбондили Елену
По волнам,
Ну а мне – соленой пеной
По губам.

По губам меня помажет
Пустота,
Строгий кукиш мне покажет
Нищета.

Ой-ли, так-ли, дуй-ли, вей-ли,
Всё равно.
Ангел Мэри, пей коктейли,
Дуй вино!

Woher, woher regiert bis heute nach altem Recht
Diese Stadt mein Denken und mein Gefühl?
Unverschämter nur machten sie Brände und Fröste:
Sie, selbstsüchtig, verflucht, voller Jugend, wüst.

Ists vielleicht, daß auf einem Kinderbild
Ich Lady Godiva sah in der Mähne rotblondem Licht?
Und, unterm Dunkel der Hand, wiederhol ich mir immer:
Lady Godiva, leb wohl ... Godiva: Ich erinnre mich nicht.

Januar/Februar 1931   *Deutsch von Rainer Kirsch*

                              „Ma voix aigre et fausse ..."[1]
                                   Paul Verlaine

Und ich sag dir mit der letzten
Ehrlichkeit:
Alles Quatsch und Cherry Brandy
Engel mein.

Dort, wo den Hellenen Schönheit
Strahlend war
Gähnt für mich aus schwarzen Löchern
Meine Schmach.

Helena, verfrachtet übern
Meeresgrund –
Aber mir bleibt nur mit Salzschaum
Übern Mund.

Meine Lippen wird bestreichen
Leere, Nichts.
Einen Vogel wird mir zeigen, was
Armut ist.

Ob zum Teufel, ob zum Kotzen –
Alles eins.
Engel Mary, trinke Cocktails
Saufe Wein!

[1] „Meine Stimme – scharf und falsch ..."

Я скажу тебе с последней
Прямотой:
Всё лишь бредни, шерри-бренди,
Ангел мой.

2 марта 1931

За гремучую доблесть грядущих веков,
За высокое племя людей
Я лишился и чаши на пире отцов,
И веселья, и чести своей.

Мне на плечи кидается век-волкодав,
Но не волк я по крови своей,
Запихай меня лучше, как шапку, в рукав
Жаркой шубы сибирских степей.

Чтоб не видеть ни труса, ни хлипкой грязцы,
Ни кровавых костей в колесе,
Чтоб сияли всю ночь голубые песцы
Мне в своей первобытной красе,

Уведи меня в ночь, где течет Енисей
И сосна до звезды достает,
Потому что не волк я по крови своей
И меня только равный убьет.

17–28 марта 1931

РОЯЛЬ

Как парламент, жующий фронду,
Вяло дышит огромный зал,
Не идет Гора на Жиронду,
И не крепнет сословий вал.

Und ich sag dir mit der letzten
Ehrlichkeit:
Alles Quatsch und Cherry Brandy
Engel mein.

2. März 1931   *Deutsch von Rainer Kirsch*

Den steigenden Zeiten zum höheren Ruhm,
Dir, Mensch, zur unsterblichen Glorie,
Kam ich, als die Väter tafelten, um
Den Kelch; gingen Frohsinn und Ehre verloren.

Mein Wolfshund-Jahrhundert, mich packts, mich befällts –
Doch bin ich nicht wölfischen Bluts.
Mich Mütze – stopf mich in den Ärmel, den Pelz
Sibirischer Steppenglut.

Daß dem Aug, das Kleinmut und Jauche geschaut,
Das Rad mit den Blutknochen-Naben,
Nachtlang der Sternhund am Himmel erblaut,
Schön wie am Ursprungsabend.

Zum Jenissej führ mich, zur Nacht seiner Welt,
Zur Tanne, die morgenhin fand.
Denn ich bin nicht von wölfischem Blut, und mich fällt
Nur die ebenbürtige Hand.

17.–28. März 1931   *Deutsch von Paul Celan*

DER KONZERTFLÜGEL

Wie ein Parlament, das die Fronde
Zerkaut: matt haucht der Saal,
Kein Berg bekämpft die Gironde,
Die Stände wogen loyal.

Оскорбленный и оскорбитель,
Не звучит рояль-Голиаф,
Звуколюбец, душемутитель,
Мирабо фортепьянных прав.

Разве руки мои – кувалды?
Десять пальцев – мой табунок!
И вскочил, отряхая фалды,
Мастер Генрих, конек-горбунок.

· · · · · · · · · ·

Чтобы в мире стало просторней,
Ради сложности мировой,
Не втирайте в клавиши корень
Сладковатой груши земной.

Чтоб смолою соната джина
Проступила из позвонков,
Нюренбергская есть пружина,
Выпрямляющая мертвецов.

16 апреля 1931

Полночь в Москве. Роскошно буддийское лето.
С дроботом мелким расходятся улицы в чеботах
        узких, железных.
В черной оспе блаженствуют кольца бульваров.
Нет на Москву и ночью угомону,
Когда покой бежит из-под копыт...

Ты скажешь: где-то там, на полигоне,
Два клоуна засели – Бим и Бом.
И в ход пошли гребенки, молоточки,
То слышится гармоника губная,
То детское молочное пьянино:
До-ре-ми-фа
И соль-фа-ми-ре-до.

Als Verhöhnter und Verhöhner
Schweigt das Goliath-Cembalo,
Seelenwirrer, Freund der Töne,
Des Flügelrechts Mirabeau.

Meine Hände, sinds Vorschlaghämmer?
Die zehn Finger sind meine Herde!
Aufsprang, Frackschöße schwenkend,
Meister Genrich, das bucklige Pferdchen.

. . . .

Daß die Welt geräumiger werde
Vor und hinter den Stirnen,
Reibt in die Tasten nicht Erden –
Säfte der süßlichen Birne.

Damit harzig aus Saitengeäder
Hinströme die Ginsonate,
Gibt es eine Nürnberger Feder,
Die biegt noch Tote grade.

16. April 1931   *Deutsch von Hubert Witt*

Mitternacht in Moskau. Üppig der bonzische Sommer.
Mit feinem Klirren verlaufen sich Straßen in engen
                    eisernen Stiefeln.
Die Boulevardringe schwimmen pockenschwarz und selig.
Moskau kann auch nachts nicht zur Ruhe kommen,
Wenn die Stille unter den Hufen flieht ...

Dann sagst du mir: dort hinten auf dem Schießplatz,
Da hocken jetzt zwei Klaune, Bim und Bom.
Es kamen Kamm und Hämmerchen in Gang,
Bald hört man eine Mundharmonika,
Und bald ein Kinder-Milchglas-Pianino:
Do-re-mi-fa
Und sol-fa-mi-re-do.

Бывало, я, как помоложе, выйду
В проклеенном резиновом пальто
В широкую разлапицу бульваров,
Где спичечные ножки цыганочки в подоле бьются
         длинном.

Где арестованный медведь гуляет,
Самой природы вечный меньшевик.
И пахло до отказу лавровишней.
Куда же ты? Ни лавров нет, ни вишен!

Я подтяну бутылочную гирьку
Кухо́нных крупно-скачущих часов.
Уж до чего шероховато время,
А все-таки люблю за хвост его ловить:
Ведь в беге собственном оно не виновато,
Да, кажется, чуть-чуть жуликовато.

Чур! Не просить, не жаловаться, цыц!
Не хныкать.
           Для того ли разночинцы
Рассохлые топтали сапоги,
              чтоб я теперь их предал?

Мы умрем, как пехотинцы,
Но не прославим
             ни хищи, ни поденщины, ни лжи.

Есть у нас паутинка шотландского старого пледа,
Ты меня им укроешь, как флагом военным, когда
         я умру.
Выпьем, дружок, за наше ячменное горе,
Выпьем до дна!

Из густо отработавших кино,
Убитые, как после хлороформа,
Выходят толпы. До чего они венозны,
И до чего им нужен кислород!

Пора вам знать: я тоже современник —
Я человек эпохи Москвошвея,
Смотрите, как на мне топорщится пиджак,

Oft, als ich jünger war, bin ich hinausgegangen
In meinem Gummimantel (imprägniert)
Auf breites Boulevardsgefächer, wo sich
Die Streichholzbeine der hübschen Zigeunerin
            im langen Rock verfangen.

Und wo der arretierte Bär spaziert –
Ewig ein Menschewik in der Natur.
Kirschlorbeerdüfte zum Es-geht-nicht-mehr –
Was redst du? Weder Kirschen sind noch Lorbeer.

Oft ziehe ich an der Gewichte-Flasche
Der Küchenuhr mit ihren Zeigersprüngen.
Wie holpert doch die Zeit, und ich versuche
Mit großem Spaße, sie am Schwanz zu packen –
Sie ist kaum selber schuld an ihrem Hinken
Und tut so manches nur mit Augenzwinkern.

Schluß! Kein Gebettel, kein Gejammer, kusch!
Kein Geplärr!
            Haben deshalb Rasnotschinzen
Die rissigen Stiefel zertreten,
                        daß ich sie jetzt verrate?

Wir sterben als Fußsoldaten
Und preisen niemals
                Raub, noch Fron, noch Lüge.

Das Spinnennetz des alten Schottenplaids,
Nimm es als Fahne und decke mich zu, wenn ich sterbe.
Trinken wir, Freund, auf unsern Gerstenkummer
Bis zur Neige.

Aus dicht zu Ende gegangenen Kinos
Da kommen, wie erschlagen, chloroformig
die Menschenmengen. Wie venös sie sind,
Und brauchen dringend etwas frische Luft!

Zeit wird, ihr wißt, auch ich bin Zeitgenosse –
Ich bin ein Mensch der Konsum-Konfektion,
Seht, wie der Sakko sich an mir verbeult,

Как я ступать и говорить умею!
Попробуйте меня от века оторвать, –
Ручаюсь вам, себе свернете шею!

Я говорю с эпохою, но разве
Душа у ней пеньковая, и разве
Она у нас постыдно прижилась,
Как сморщенный зверек в тибетском храме:
Почешется и в цинковую ванну, –
Изобрази еще нам, Марь Иванна!
Пусть это оскорбительно, – поймите:
Есть блуд труда, и он у нас в крови.

Уже светает. Шумят сады зеленым телеграфом,
К Рембрандту входит в гости Рафаэль.
Он с Моцартом в Москве души не чает –
За карий глаз, за воробьиный хмель.
И словно пневматическую почту
Иль студенец медузы черноморской
Передают с квартиры на квартиру
Конвейером воздушным сквозняки,
Как майские студенты-шалопуты. . .

Май–4 июня 1931

Еще далёко мне до патриарха,
Еще на мне полупочтенный возраст,
Еще меня ругают за глаза
На языке трамвайных перебранок,
В котором нет ни смысла, ни аза:
«Такой, сякой». Ну что ж, я извиняюсь,
Но в глубине ничуть не изменяюсь.

Когда подумаешь, чем связан с миром,
То сам себе не веришь: ерунда!
Полночный ключик от чужой квартиры,
Да гривенник серебряный в кармане,
Да целлулоид фильмы воровской.

Wie ich zu schreiten weiß, und wie zu reden!
Versucht nur, reißt mich los von dieser Zeit,
Ich garantier, ihr brecht euch nur den Hals.

Mit der Epoche red ich doch vielleicht
Ist ihre Seele hänfern, und vielleicht
Hat sie sich schmählich bei uns angepaßt
Wie das runzlige Tierchen im tibetanischen Tempel –
Es kratzt sich, schwups, und in die zinkne Wanne.
Spiel uns am Ende noch die Marj Iwanna!
Und kränkt es euch: auch eine Unzucht gibts
Der Arbeit, die uns tief im Blute sitzt.

Schon tagt es. Gärten rauschen, grüne Telegrafen,
Bei Rembrandt lädt sich Raphael zu Gast,
Mozart und ihm ist Moskau ein und alles –
Das braune Aug, und dieser Rausch der Spatzen.
Und sei es nun die Rohrpost, oder sei es
Die sanfte Sülze einer Schwarzmeerqualle,
Von Wohnung geben es zu Wohnung weiter
Luftzüge oder Luftfließbänder, wie
Im Mai die Tagediebe von Studenten . . .

Mai–4. Juni 1931   *Deutsch von Hubert Witt*

Noch taug ich nicht zum Patriarchen, noch
Leb ich im Alter hausgesottner Würde.
Noch mäkeln sie an mir, wenn ichs nicht höre
Im Slang der Trambahnschimpfduelle, die
Bar jeden Sinns und ohne Wahrheit sind.
„So einer ist er!" – Gut, ich beuge mich
Und bleib – wer wägt die Seele? – doch der alte.

Bedächtest du, was an die Welt dich bindet,
Du glaubtest selbst dir nicht: Gespinste nur!
Ein Schlüsselchen zur nächtlich-fremden Tür,
Für zehn Kopeken Silber in den Taschen
Und Fotos, die du heimlich bei dir trägst.

Я, как щенок, кидаюсь к телефону
На каждый истерический звонок:
В нем слышно польское «Дзенькуе, пани»,
Иногородний ласковый упрек
Иль неисполненное обещанье.

Всё думаешь, к чему бы приохотиться
Посереди хлопушек и шутих,
Перекипишь, а там, гляди, останется
Одна сумятица да безработица:
Пожалуйста, прикуривай у них!

То усмехнусь, то робко приосанюсь
И с белорукой тростью выхожу, –
Я слушаю сонаты в переулках,
У всех лотков облизываю губы,
Листаю книги в глыбких подворотнях,
И не живу, и все-таки живу.

Я к воробьям пойду и к репортерам,
Я к уличным фотографам пойду,
И в пять минут – лопаткой из ведерка –
Я получу свое изображенье
Под конусом лиловой шах-горы.

А иногда пущусь на побегушки
В распаренные душные подвалы,
Где чистые и честные китайцы
Хватают палочками шарики из теста,
Играют в узкие нарезанные карты
И водку пьют, как ласточки с Янцзы.

Люблю разъезды скворчущих трамваев,
И астраханскую икру асфальта,
Накрытого соломенной рогожей,
Напоминающей корзинку асти,
И страусовые перья арматуры
В начале стройки ленинских домов.

Вхожу в вертепы чудные музеев,
Где пучатся кащеевы Рембрандты,
Достигнув блеска кордованской кожи,

Und ich, ein Welpe, stürz zum Telefon
Bei jedem weibisch hohen Glockenschrillen,
Hör fremde Stimmen nur: „Dziękuję pani!",
Jenseits der Stadt den liebevollen Vorwurf
Und ein Versprechen, niemals eingelöst.

Wofür, so denkst du, lohnt es, zu entflammen
Inmitten dieses bunten Feuerwerkes.
Doch kehrst du einen Augenblick dich ab,
So findest du Verwirrung nur und Öde.
So geh nur, geh! und bitte sie um Feuer!

Bald spöttisch lächelnd, bald voll zager Würde
Geh ich mit meinem weißen Stock hinaus.
Ich lausche den Sonaten in den Gassen,
Blättre in Büchern in den Kellerständen,
Und lebend nicht, leb ich mein Leben doch.

Ich werd zu Spatzen und Reportern gehn,
Und von den Straßenfotografen werd ich
Mein von der Nässe welkes Konterfei
Aus Eimern schäufeln lassen unterm Kegel
Des lilafarbnen Perserkaiserberges.

Und manchmal werd ich durch die Keller streifen,
Durch ihre dunklen stickig-feuchten Dünste
Vorbei an redlich-reinlichen Chinesen,
Die Kügelchen aus Teig mit Stäbchen klammern,
Mit schmalen, abgegriffnen Karten spielen
Und Arrak nippen wie vom Jangtse Schwalben.

Ich mag die zwiegeflügelten Tramways
Und den Asphalt, Kaviar aus Astrachan,
Den strohgeflochtne Matten überdecken
Wie Bastgeflecht den Astiwein umringt
Und wie der Baugerüste Straußenfedern
Der Leninhäuser erste Mauersteine;

Geh in die Märchenhöhlen der Museen,
Wo Rembrandts, kastschejweise, widerleuchten
Wie Leder glänzt aus Cordoba, und staunend

Дивлюсь рогатым митрам Тициана,
И Тинторетто пестрому дивлюсь, –
За тысячу крикливых попугаев.

И до чего хочу я разыграться,
Разговориться, выговорить правду,
Послать хандру к туману, к бесу, к ляду,
Взять за руку кого-нибудь: «Будь ласков, –
Сказать ему, — нам по пути с тобой...»

Май–сентябрь 1931

Довольно кукситься, бумаги в стол засунем,
Я нынче славным бесом обуян,
Как будто в корень голову шампунем
Мне вымыл парикмахер Франсуа.

Держу пари, что я еще не умер,
И, как жокей, ручаюсь головой,
Что я еще могу набедокурить
На рысистой дорожке беговой.

Держу в уме, что нынче тридцать первый
Прекрасный год в черемухах цветет,
Что возмужали дождевые черви
И вся Москва на яликах плывет.

Не волноваться: нетерпенье – роскошь.
Я постепенно скорость разовью,
Холодным шагом выйдем на дорожку,
Я сохранил дистанцию мою.

7 июня 1931

Steh ich vor den gehörnten Mitren Tizians
Und staune ob der tausend Papageien,
Die Tintorettos buntes Bild durchlärmen.

Wie gern möcht ich mich in ein Spiel vertiefen,
Wie Kinder unbeschwert die Wahrheit reden,
Zum Teufel meine öde Graumut schicken,
Um irgendeinen an der Hand zu nehmen
Und ihm zu sagen: Freund, komm geh mit mir.

Mai–September 1931   *Deutsch von Uwe Grüning*

Genug gemault! Papiere in den Tisch
Ein schöner Teufel hat mich heute gepackt:
Als hätte mit Shampoon mir wurzeltief
Den Kopf gewaschen mein Friseur François.

Ich wette, ich bin immer noch lebendig
Und bürge, wie ein Jockei, mit dem Kopf:
Ich leiste mir noch eine Menge
Auf unsrer Rennbahn beim Galopp.

Ich sage mir, daß jetzt das wunderbare
Jahr Einunddreißig in Faulbeerbäumen strahlt
Und alle Regenwürmer sind erwachsen
Und Moskau schwimmt im Kahn auf der Moskwá.

Nicht aufgeregt sein: Ungeduld ist Luxus.
Ich werde sanft Geschwindigkeit entwickeln
Und kühlen Schrittes gehn wir auf die Bahn;
Meine Distanz – ich halte sie, wie immer.

7. Juni 1931   *Deutsch von Rainer Kirsch*

Сегодня можно снять декалькомани,
Мизинец окунув в Москву-реку,
С разбойника-Кремля. Какая прелесть
Фисташковые эти голубятни –
Хоть проса им насыпать, хоть овса!
А в недорослях кто? Иван Великий –
Великовозрастная колокольня,
Стоит себе еще болван-болваном
Который век. Его бы заграницу,
Чтоб доучился. Да куда там!... Стыдно.

Река-Москва в четырехтрубном дыме,
И перед нами весь раскрытый город –
Купальщики, заводы и сады
Замоскворецкие. Не так ли,
Откинув палисандровую крышку
Огромного концертного рояля,
Мы проникаем в звучное нутро?
Белогвардейцы, вы его видали?
Рояль Москвы слыхали? Гули-гули!

Мне кажется, как всякое другое,
То время незаконно... Как мальчишка,
За взрослыми в морщинистую воду,
Я, кажется, в грядущее вхожу
И, кажется, его я не увижу.

Уж я не выйду с молодостью в ногу
На разлинованные стадионы,
Разбуженный повесткой мотоцикла,
Я на рассвете не вскочу с постели,
В хрустальные дворцы на курьих ножках
Я даже легкой тенью не войду.

Мне с каждым днем дышать все тяжелее,
А между тем нельзя повременить –
И рождены для наслажденья бегом
Лишь сердце человека и коня...

Leicht wärs heut, Abziehbilder abzulösen
Vom Räuber Kreml mit dem kleinsten Finger,
Benetzt in der Moskwa. Wie herrlich leuchten
Diese Pistazientürme – Taubenschläge
(Will keiner hinstreun Hafer oder Hirse?).
Und wer ist dieser Junker, derb und dümmlich?
Der klafterlange Glockenturm Iwan
Weliki protzt, ein unbedarfter Klotz,
Wie eh und je. Ins Ausland müßte er
Zur Lehre. – Aber nein doch, welche Schande!

Rauch aus vier Schloten fällt auf die Moskwa.
Die ganze Stadt liegt vor uns aufgetan:
Die Badenden, die Werke und die Gärten
Samoskworetschjes. Dringt nicht unser Auge
Ins Innere des weitgeöffneten
Flügels aus Jakadandraholz, in seine
Tönende Tiefe nicht das Ohr? Gurr-gurr!
Ihr Weißgardisten, habt ihr ihn gesehen,
Den Flügel Moskaus; habt ihr ihn gehört!

Mich deucht wie jede schon erloschene
Gesetzlos jene Zeit... Und wie ein Junge
Erwachsnen nachsteigt in das krause Wasser,
So geh ich, scheint mir, in das Künftige
Und werd es, wie ich glaube, nie erblicken.

Nicht länger werd im Gleichschritt mit der Jugend
Hinaus ich in markierte Stadien ziehn
Und nicht, geweckt vom Hupsignal des Mopeds,
Im Morgengraun von meinem Lager springen.
In die kristallnen Märchenschlösser werd ich
Gelangen nie mehr, nicht einmal als Schatten.

Mit jedem Tage geht mein Atem schwerer,
Und unaufhaltsam strömt hinab die Zeit.
Geboren, in der Unrast Glück zu finden,
Ist nur das Herz des Menschen und des Pferdes.

А Фауста бес – сухой и моложавый –
Вновь старику кидается в ребро,
И подбивает взять почасно ялик.
Или махнуть на Воробьевы горы,
Иль на трамвае охлестнуть Москву. . .
Ей некогдс: она сегодня в няньках –
Все мечется на сорок тысяч люлек,
Она одна и пряжа на руках.

Какое лето! Молодых рабочих
Татарские сверкающие спины
С девической повязкой на хребтах,
Таинственные узкие лопатки
И детские ключицы. Здравствуй, здравствуй,
Могучий некрещеный позвоночник,
С которым проживем не век, не два!

Июль/август 1931

ЛАМАРК

Был старик, застенчивый, как мальчик,
Неуклюжий, робкий патриарх.
Кто за честь природы фехтовальщик?
Ну конечно, пламенный Ламарк.

Если всё живое лишь помарка
За короткий выморочный день,
На подвижной лестнице Ламарка
Я займу последнюю ступень.

К кольчецам спущусь и к усоногим,
Прошуршав средь ящериц и змей,
По упругим сходням, по излогам
Сокращусь, исчезну, как протей.

Роговую мантию надену,
От горячей крови откажусь,
Обрасту присосками и в пену
Океана завитком вопьюсь.

Denn Faustens Dämon, dürr und jugendlich,
Gickst nun erneut den Alten in die Rippen,
Läßt ihn im Ruderboote lang sich mühen
Und schleift ihn auf die Sperlingsberge oder
Jagt auf Tramways durch Moskau ihn. Voll Eile
Werkt heut die Stadt, als Kindermädchen stürzt sie
Rastlos zu vierzigtausend Wiegen hin
Und webt dabei noch ihre dünnen Fäden.

Was für ein Sommer! Junger Arbeitsleute
Funkelnde Rücken, die tatarisch braunen
Mit mädchenhaften Bändern längs des Rückgrats,
Geheimnisvollen, schmalen Schulterblättern,
Kindlichen Schlüsselbeinen. Sei gegrüßt, gegrüßt,
Mächtige, unbekehrte Vertebrata:
Du wirst uns tragen mehr denn ein Jahrhundert!

Juli/August 1931   *Deutsch von Uwe Grüning*

LAMARCK

Ein alter Mann, und schüchtern wie ein Knabe,
Ein scheuer, unbeholfner Patriarch . . .
Wer könnte feuriger gefochten haben
Zu Ehren der Natur als er, Lamarck?

Wenn alles Lebende nur Korrektur ist
Im Laufe eines kurzen Sterbetags,
Besetz ich also jetzt die letzte Stufe
Auf schwanker Sprossenleiter Herrn Lamarcks.

Ich steig zu Wurzelfüßlern, Ringelwürmern,
Seit ich mit Schlangen dumpf gekrochen bin,
Auf wippend-schmalen Stegen über Klüften
Verschrumpf ich wie ein Proteus und verschwind.

Mit einem Panzer werde ich mich brüsten
Und leiste auf mein heißes Blut Verzicht,
Ich rüste meinen Leib mit Saugerüsseln,
Ergieß mich schlängelnd in die Meeresgischt.

Мы прошли разряды насекомых
С наливными рюмочками глаз.
Он сказал: «Природа вся в разломах,
Зренья нет, – ты зришь в последний раз».

Он сказал: «Довольно полнозвучья,
Ты напрасно Моцарта любил,
Наступает глухота паучья,
Здесь провал сильнее наших сил».

И от нас природа отступила
Так, как будто мы ей не нужны,
И продольный мозг она вложила,
Словно шпагу, в темные ножны.

И подъемный мост она забыла,
Опоздала опустить для тех,
У кого зеленая могила,
Красное дыханье, гибкий смех.

7–9 мая 1932

Там, где купальни, бумагопрядильни
И широчайшие зеленые сады,
На Москве-реке есть светоговорильня
С гребешками отдыха, культуры и воды.

Эта слабогрудая речная волокита,
Скучные-нескучные, как халва, холмы,
Эти судоходные марки и открытки,
На которых носимся и несемся мы.

У реки Оки вывернуто веко,
Оттого-то и на Москве ветерок.
У сестрицы Клязьмы загнулась ресница,
Оттого на Яузе утка плывет.

Wir gingen durch die Klasse der Insekten
Mit Augen, strotzend wie ein Schnapspokal.
Er sagte: Die Natur liebt Unterbrechung.
Kein Augenlicht – du siehst zum letztenmal.

Er sagte: Nun genug der vielen Klänge,
Den Mozart hast du ganz umsonst geliebt,
Da Spinnentaubheit über dich verhängt wird.
Hier ist ein Sturz – für unsre Kraft zuviel.

Vor uns hat sich Natur zurückgezogen,
Als ob sie uns von nun an nicht mehr braucht,
Und gab uns jenes Mark im Wirbelbogen,
Wie man den Säbel in die Scheide taucht.

Und einen Brückensteg hat sie vergessen
Herabzulassen, schnitt den Rückweg ab
Für jene mit dem federnden Gelächter,
Mit rotem Atem und mit grünem Grab.

7.–9. Mai 1932   *Deutsch von Hubert Witt*

Dort bei den Baumwollspinn- und Badehäusern,
Wo sich die satten grünen Gärten dehnen
An der Moskwa, da ist ein Licht-Gesäusel
Mit Erholungs-, Kultur- und Wasserkrönchen.

Der Schwachbrust-Flußamtsschimmel macht uns warten,
Wie Naschwerk die Hügel lang-kurzweilig hingestreut,
Diese schiffbaren Marken und Ansichtskarten,
Auf ihnen eilen wir die quer und kreuz.

Da die Oka, ein Lid schief nachgezogen –
Schon geht auf der Moskwa ein sanfter Wind.
Die Kljasma hat ein Wimperchen verbogen,
Daß auf der Jausa ein Entlein schwimmt.

На Москве-реке почтовым пахнет клеем,
Там играют Шуберта в раструбы рупоров,
Вода на булавках, и воздух нежнее
Лягушиной кожи воздушных шаров.

Май 1932

БАТЮШКОВ

Словно гуляка с волшебною тростью,
Батюшков нежный со мною живет.
Он тополями шагает в замостье,
Нюхает розу и Дафну поет.

Ни на минуту не веря в разлуку,
Кажется, я поклонился ему.
В светлой перчатке холодную руку
Я с лихорадочной завистью жму.

Он усмехнулся. Я молвил «спасибо»
И не нашел от смущения слов.
Ни у кого – этих звуков изгибы...
И никогда – этот говор валов!...

Наше мученье и наше богатство,
Косноязычный, с собой он принес
Шум стихотворства и колокол братства
И гармонический проливень слез.

И отвечал мне оплакавший Тасса:
«Я к величаньям еще не привык,
Только стихов виноградное мясо
Мне освежило случайно язык».

Что ж, поднимай удивленные брови,
Ты, горожанин и друг горожан,
Вечные сны, как образчики крови,
Переливай из стакана в стакан.

18 июня 1932

Und die Moskwa umschwabern Kleisterdüfte,
Lautsprecher quetschen Schubert zu Bouillon,
Stecknadelköpfchenwasser, und die Lüfte
Zarter als die Froschhaut der Luftballons.

Mai 1932   *Deutsch von Hubert Witt*

BATJUSCHKOW

Ganz als Genießer, sein Zauberrohr zückend,
Seh ich den Batjuschkow, ewig verliebt,
Er geht unter Palmen hinaus vor die Brücke,
Schnuppert an Rosen, macht Daphne ein Lied.

Und wie bei einem ganz alten Bekannten
Hab ich mich vor ihm, so scheint es, verneigt,
Die kalte Hand im schimmernden Handschuh
Preßte ich ihm in brennendem Neid.

Er aber lächelte, und überwältigt
Dankt ich ihm, stammelnd vor Verlegenheit:
„Wer sonst noch hätte dies ‚Reden der Wellen‘,
Fülle der Laute und Geschmeidigkeit . . .“

All unsre Qual und all unser Reichtum
Schlug ihm, dem Stammler, für uns zu Buch,
Das Rauschen der Dichtkunst, die Glocke der Brüderlichkeit
und der harmonische Tränen-Wolkenbruch.

Und mir gab Antwort, der Tasso beweint hat:
„Lob hört ich spärlich, fast hats mich erschreckt.
All meine Verse im Weintraubenfleische
Hab ich nur so mit der Zunge geschmeckt . . .“

Laß deine staunenden Brauen sich sträuben,
Du Städter, der du ein Städter-Freund bist
Und – Blutproben – deine ewigen Träume
Aus einem Glas in ein anderes gießt . . .

18. Juni 1932   *Deutsch von Hubert Witt*

К НЕМЕЦКОЙ РЕЧИ

Себя губя, себе противореча,
Как моль летит на огонек полночный,
Мне хочется уйти из нашей речи
За всё, чем я обязан ей бессрочно.

Есть между нами похвала без лести,
И дружба есть в упор, без фарисейства,
Поучимся ж серьезности и чести
На Западе, у чуждого семейства.

Поэзия, тебе полезны грозы!
Я вспоминаю немца-офицера:
И за эфес его цеплялись розы,
И на губах его была Церера.

Еще во Франкфурте отцы зевали.
Еще о Гёте не было известий,
Слагались гимны, кони гарцевали
И, словно буквы, прыгали на месте.

Скажите мне, друзья, в какой Валгалле
Мы вместе с вами щелкали орехи,
Какой свободой вы располагали,
Какие вы поставили мне вехи?

И прямо со страницы альманаха,
От новизны его первостатейной,
Сбегали в гроб – ступеньками, без страха,
Как в погребок за кружкой мозельвейна.

Чужая речь мне будет оболочкой,
И много прежде, чем я смел родиться,
Я буквой был, был виноградной строчкой,
Я книгой был, которая вам снится.

Когда я спал без облика и склада,
Я дружбой был, как выстрелом, разбужен.
Бог Нахтигаль, дай мне судьбу Пилада
Иль вырви мне язык – он мне не нужен.

AN DIE DEUTSCHE SPRACHE

Mir zum Verderb, mir selber widersprechend,
Wie eine Motte in die Flamme schwankend,
Wünsch ich, aus unsrer Sprache fortzugehen
Um dessentwillen, was ich ihr verdanke.

Denn zwischen uns ist Lob, doch ohne Schmeicheln,
Und Freundschaft ohne Pharisäertum.
So lernen wir denn Ehre und dergl.
Westlich, mit einem fremden Wörterbuch.

O Poesie, dir nützt Gewittertoben!
Da war ein Offizier von deutscher Sippe –
Noch seinen Degengriff umrankten Rosen,
Und Ceres war auf seinen bleichen Lippen.

Als fern in Frankfurt noch die Väter gähnten,
Noch war von einem Goethe keine Rede,
Da schuf man Hymnen, hüpften Pferdemähnen
Und sprangen wie die Lettern stante pede.

Sagt, Freunde, saßen wir schon in Walhalla,
Wo wir zusammen unsre Nüsse knackten?
Und welche Freiheit war uns zugefallen?
Was setztet ihr mir denn für Wegemarken?

Von klaren Seiten schöner Almanache
Aus neuestem Papier, von größter Feinheit
Stiegen wir furchtlos in des Grabes Rachen,
Als gings um einen Krug von Moselweine.

Die fremde Sprache sei mir eine Hülle.
Lang eh ich mich in diese Welt her wagte,
Da war ich Letter, Traubenzeilen-Fülle,
War ich das Buch, das euch im Traum belagert.

Als ich noch schlief, gesichtslos, unentwickelt,
Riß jäh mich Freundschaft in das wache Licht her.
Gottnachtigall, so gib mir Pylades' Schicksal,
Sonst reiß die Zunge aus, ich brauch sie nicht mehr.

Бог На́хтигаль, меня еще вербуют
Для новых чум, для семилетних боен.
Звук сузился. Слова шипят, бунтуют,
Но ты живешь, и я с тобой спокоен.

8–12 августа 1932

АРИОСТ

В Европе холодно. В Италии темно.
Власть отвратительна, как руки брадобрея.
О, если б распахнуть, да как нельзя скорее,
На Адриатику широкое окно.

Над розой мускусной жужжание пчелы,
В степи полуденной – кузнечик мускулистый,
Крылатой лошади подковы тяжелы,
Часы песочные желты и золотисты.

На языке цикад пленительная смесь
Из грусти пушкинской и средиземной спеси,
Как плющ назойливый, цепляющийся весь,
Он мужественно врет, с Орландом куролеся.

Часы песочные желты и золотисты,
В степи полуденной кузнечик мускулистый,
И прямо на луну взлетает враль плечистый.

Любезный Ариост, посольская лиса,
Цветущий папоротник, парусник, столетник,
Ты слушал на луне овсянок голоса,
А на дворе у рыб ученый был советник.

О, город ящериц, в котором нет души,
От ведьмы и судьи таких сынов рожала
Феррара черствая и на цепи держала, –
И солнце рыжего ума взошло в глуши.

124

Gottnachtigall, sieh, wie sie nach mir fischen
Für neue Pesten, Krieg und blutige Dummheit.
Der Laut hat sich verengt, die Worte zischen,
Du aber lebst, und ich in deiner Ruhe.

8.–12. August 1932   *Deutsch von Hubert Witt*

ARIOST

Kalt ist es in Europa. In Italien finster.
Die Macht ist widerlich, so wie des Baders Hände.
O ließe öffnen sich, und ging es schnell am Ende
Zur Adria das hohe weite Fenster.

Über der Moschusrose ist der Biene Summen.
Im Steppenmittag ist das Heupferd, muskelstark.
Schwer von den Lasten sind des Flügelpferdes Hufe.
Gelb ist die Sanduhr und von sonnengoldner Farbe.

Reizend die Mischung in der Sprache der Zikaden:
Puschkinsche Trauer, mittelmeerischer Stolz –
Wie Efeu zudringlich, sich zäh an alles klammernd
Lügt er voll Tapferkeit, wenn er mit Roland tobt.

Gelb ist die Sanduhr und von sonnengoldner Farbe.
Im Steppenmittag ist das Heupferd, muskelstark.
Breitschultrig schwebt der Angeber zum Mond die Gerade.

Mein bester Ariost, gesandtschaftlicher Fuchs
Blühender Farn, Agave, Schiff mit Segeln groß:
Du hörtest auf dem Mond die Ammernstimmen rufen
Und warst Berater bei den Fischen auf dem Hof.

O Stadt der Eidechsen im seelenlosen Land!
Vom Richter trugst du solche Söhne und der Hexe
Hartherziges Ferrara, und hieltst sie an der Kette;
Im Krähwinkel ging auf die Sonne des Verstands.

125

Мы удивляемся лавчонке мясника,
Под сеткой синих мух уснувшему дитяти,
Ягненку на горе, монаху на осляти,
Солдатам герцога, юродивым слегка
От винопития, чумы и чеснока,
И свежей, как заря, удивлены утрате...

4—6 мая 1933—июнь 1935

Люблю появление ткани,
Когда после двух или трех,
А то четырех задыханий
Придет выпрямительный вздох.

И дугами парусных гонок
Открытые формы чертя,
Играет пространство спросонок,
Не знавшее люльки дитя.

Ноябрь 1933, июль 1935

И Шуберт на воде, и Моцарт в птичьем гаме,
И Гёте, свишущий на вьющейся тропе,
И Гамлет, мысливший пугливыми шагами,
Считали пульс толпы и верили толпе.

Быть может, прежде губ уже родился шепот,
И в бездревесности кружилися листы,
И те, кому мы посвящаем опыт,
До опыта приобрели черты.

Январь 1934

126

Wir hier bestaunen still des Fleischers schmales Lädchen
Das Kind, das liegt und schläft in blauer Fliegen Netz
Das Lämmchen auf dem Berg, den Mönch auf seinem Esel
Des Herzogs Wachsoldaten, schief und leicht verblödet
Vom ausgetrunknen Wein, dem Knoblauch und der Pest
Und staunen über den Verlust, frisch wie die Morgenröte ...

4.–6. Mai 1933/Juni 1935   *Deutsch von Rainer Kirsch*

Ich lieb des Gewebes Aufschein,
Wenn nach zwei oder drei, manchmal vier
Erstickungskrämpfen sich einstellt
Luftzustrom, der biegt mich hinauf.

Und offne Gestalten entwerfend
Mit der wettfahrnden Segler Gekurve,
Spielt der Raum schlaftaumelnd-trunken,
Vom Einwiegen nicht wissendes Kind.

November 1933, Juli 1935   *Deutsch von Roland Erb*

Auf Wasser Schubert und im Vogelzwitschern Mozart
Und Goethe, pfeifend auf gewundenem Pfad im Laub
Und Hamlet, der mit schreckhaften Schritten dachte
Zählten der Menge Puls und haben ihr geglaubt.

Vielleicht geboren ist das Flüstern vor den Lippen
In der Baumlosigkeit schon trieben Blätter schräg
Und jene, denen wir Erfahrung widmen
Waren vor der Erfahrung schon geprägt.

Januar 1934   *Deutsch von Rainer Kirsch*

Памяти Андрея Белого

Голубые глаза и горячая лобная кость,
Мировая манила тебя молодящая злость.

И за то, что тебе суждена была чудная власть,
Положили тебя никогда не судить и не клясть.

На тебя надевали тиару — юрода колпак,
Бирюзовый учитель, мучитель, властитель, дурак!

Как снежок на Москве, заводил кавардак гоголек,
Непонятен-понятен, невнятен, запутан, легóк.

Собиратель пространства, экзамены сдавший птенец,
Сочинитель, щегленок, студентик, студент, бубенец.

Конькобежец и первенец, веком гонимый взашей
Под морозную пыль образуемых вновь падежей.

Часто пишется: казнь, а читается правильно: песнь:
Может быть, простота — уязвимая смертью болезнь.

Прямизна нашей мысли не только пугач для детей,
Не бумажные дести, а вести спасают людей:

Как стрекозы садятся, не чуя воды, в камыши,
Налетели на мертвого жирные карандаши.

На коленях держали для славных потомков листы,
Рисовали, просили прощенья у каждой черты.

Меж тобой и страной ледяная рождается связь,
Так лежи, молодей и лежи, бесконечно прямясь.

Да не спросят тебя молодые, грядущие, те
Каково тебе там, в пустоте, в чистоте — сироте...

Январь 1934

Dem Andenken an Andrej Bely

Mit deinen Augen, den himmelblauen und hitziger Stirn
Verführte dich dein weltverbißner, verjüngender Zorn.

Und weil das Schicksal dich belieh mit herrlicher Macht,
War nie dir Richtspruch und Schande zugedacht.

Sie stülpten dir die Tiara, die Kappe aufs Haar,
Türkisener Lehrer, Quäler, Herrscher und Narr!

Als Flocke über Moskau wirbeltest du, Gogolchen, deinen
      Tanz,
Unverständlich-verständlich, verwirrend, leichter Glanz.

Du Sammler von Räumen, durchgeprüftes Vogelküken,
Erdichter, Stieglitz, Studentchen-Student, Schellenrücken.

Kufenläufer und Vorgänger, das Jahrhundert im Nacken,
Dem noch unterm Eisstaub die Fälle Aufwartung machen.

Wie oft schreibt man *Leid* und liest richtig *Lied*.
Vielleicht ist Schlichtheit eine Krankheit, die den Tod
      nachzieht.

Die Geradheit unsres Denkens ist nicht nur ein Kindercolt,
Nicht bücherne Akten, nur Fakten retten das Volk.

Wie sich die Libellen trotz des Wassers ins Schilf setzen,
So flogen auf den Toten die Bleistifte, die fetten.

Blätter für die ruhmvollen Nachkommen auf dem Knietisch,
Zeichneten sie und baten um Verzeihung für jeden Strich.

Zwischen dir und dem Land wächst ein eisiger Bund,
So lieg, werde jung und liege, mit ewig gespitztem Mund.

Nicht fragen mögen die Jungen, Künftigen, was es heißt,
Wie du da zu liegen, im Leeren, Reinen – verwaist...

Januar 1934   *Deutsch von Richard Pietraß*

Меня преследуют две-три случайных фразы,
Весь день твержу: печаль моя жирна,
О Боже, как черны и синеглазы
Стрекозы смерти, как лазурь черна!

Где первородство? Где счастливая повадка?
Где плавкий ястребок на самом дне очей?
Где вежество? Где горькая украдка?
Где ясный стан? Где прямизна речей,

Запутанных, как честные зигзаги
У конькобежца в пламень голубой,
Железный пух в морозной крутят тяге,
С голуботвердой чокаясь рекой.

Ему пространств инакомерных норы,
Их близких, их союзных голоса,
Их внутренних ристалищные споры
Представились в полвека, в полчаса.

И вдруг открылась музыка в засаде,
Уже не хищницей лиясь из-под смычков,
Не ради слуха или неги ради —
Лиясь для мышц и бьющихся висков.

Лиясь для ласковой, только что снятой маски,
Для пальцев гипсовых, не держащих пера,
Для укрупненных губ, для укрепленной ласки
Крупнозернистого покоя и добра.

Дышали шуб меха. Плечо к плечу теснилось,
Кипела киноварь здоровья, кровь и пот;
Сон в оболочке сна, внутри которой снилось,
На полшага продвинуться вперед!

А посреди толпы, задумчивый, брадатый;
Уже стоял гравер, друг меднохвойных досок,
Трехъярой окисью облитых в лоск покатый,
Накатом истины сияющих сквозь воск.

Mich martern zwei, drei beiläufige Sätze,
Ich traure fett, knurr ich den ganzen Tag.
O Gott, wie blauäugig und wie verfettet
Des Tods Libellen, wie die Himmelsbläue schwarz!

Wo herrscht noch Erstgeburt? Des Glückes Geste?
Wo schnellt der Habicht auf dem Augengrund?
Wo ist das Wissen? Der Bitternis Gebreste?
Wo klare Haltung? Wo ein grader Mund –

Verworren, wie die braven Zickzackritzen
Des Schlittschuhläufers, die den Eisenstaub
Im Windessog zu blauer Flamme spitzen,
Klirrend prosten mit des Flusses harter Haut.

Die andern Maße höhlenhafter Räume,
Die nahen Stimmen, die verschwistert sind,
Der Seelen innere Stafettenträume
Sah in Jahrzehnten er, und taggeschwind.

Mit einemmal Musik aus einem Busche,
Nicht räuberisch, wie oft der Bogen strömt,
Dem Ohre nicht geweiht, nicht dem Genusse,
Den Muskeln nur, der Schläfe, die da dröhnt.

Der freundlichen, frisch abgehobnen Maske,
Der Gipshand, der ihr Federstiel entfällt,
Den Wulstlippen, der Zärtlichkeit, erstarrten,
Der Grobkornstille – und Güte, unvergällt.

Die Pilzfilze atmeten, Schulter an Schulter,
Wangenrot kochte, Blut und Schweiß;
O Traum, gehüllt in den Traum, den man träumte,
Voranzukommen, halbschrittweis!

Inmitten der Menge, nachdenklich, bärtig,
Stand schon der Graveur kupferner Kieferplatten,
Die, dreifach säurebegossen, erglänzten
Und wahrheitshell das Wachs durchstrahlten.

Как будто я повис на собственных ресницах
В толпокрылатом воздухе картин
Тех мастеров, что насаждают в лицах
Подарок зрения и многолюдства чин!

Январь 1934

Да, я лежу в земле, губами шевеля,
Но то, что я скажу, заучит каждый школьник:

На Красной площади всего круглей земля,
И скат ее твердеет добровольный,

На Красной площади земля всего круглей,
И скат ее нечаянно-раздольный,

Откидываясь вниз – до рисовых полей,
Покуда на земле последний жив невольник.

Май 1935

СТАНСЫ

Я не хочу средь юношей тепличных
Разменивать последний грош души,
Но, как в колхоз идет единоличник,
Я в мир вхожу, – и люди хороши.

Люблю шинель красноармейской складки,
Длину до пят, рукав простой и гладкий
И волжской туче родственный покрой,
Чтоб, на спине и на груди лопатясь,
Она лежала, на запас не тратясь,
И скатывалась летнею порой.

Als ob ich an meinen Wimpern hinge
Im wimmelnd geflügelten Luftbildersaal
Der Meister, die grabend in die Gesichter bringen
Die Gabe des Sehens, den Rang großer Kopfzahl!

Januar 1934   *Deutsch von Richard Pietraß*

Ja, in der Erde lieg ich und beweg den Mund
Doch was ich sage jetzt, wird jeder Schüler lernen:

Am Roten Platz die Erde ist am meisten rund
Und ihr freiwilliges Wölben ist dort härter

Die Erde ist am rundesten am Roten Platz
Und ohne Wollen weit dehnt sich ihr Wölben

Gelehnt bis an den Rand der Reisfelder hinab
Solang der letzte Unfreie noch lebt auf Erden.

Mai 1935   *Deutsch von Rainer Kirsch*

STANZEN

Ich will nicht unter Jünglingen im Treibhaus
Den letzten Seelengroschen wechseln. Meinen Hut
Nehm ich, und wie der Bauer in den Kolchos
Komm ich zur Welt – und siehe, der Mensch ist gut.

Den Rotarmisten-Faltenmantel lieb ich
Bis zu den Fersen lang, mit glattem Arm
Der schweren Wolgawolke nachgeschnitten
An Brust und Rücken groß gebläht und weit:
So kann er Platz für jeden Zuwachs bieten
Und läßt sich rollen in der Sommerzeit.

Проклятый шов, нелепая затея,
Нас разлучили. А теперь, пойми,
Я должен жить, дыша и большевея,
И, перед смертью хорошея,
Еще побыть и поиграть с людьми!

Подумаешь, как в Чéрдыне-голýбе,
Где пахнет Обью и Тобол в раструбе,
В семивершковой я метался кутерьме.
Клевещущих козлов не досмотрел я драки,
Как петушок в прозрачной летней тьме,
Харчи, да харк, да что-нибудь, да враки, –
Стук дятла сбросил с плеч. Прыжок. И я в уме.

И ты, Москва, сестра моя, легка,
Когда встречаешь в самолете брата
До первого трамвайного звонка, –
Нежнее моря, путаней салата
Из дерева, стекла и молока.

Моя страна со мною говорила,
Мирволила, журила, не прочла,
Но возмужавшего меня, как очевидца,
Заметила – и вдруг, как чечевица,
Адмиралтейским лучиком зажгла.

Я должен жить, дыша и большевея,
Работать речь, не слушаясь, сам-друг.
Я слышу в Арктике машин советских стук,
Я помню всё – немецких братьев шеи,
И что лиловым гребнем Лорелеи
Садовник и палач наполнил свой досуг.

И не ограблен я, и не надломлен,
Но только что всего переогромлен.
Как «Слово о полку», струна моя туга,
И в голосе моем после удушья
Звучит земля – последнее оружье –
Сухая влажность черноземных га. . .

Май/июнь 1935

Verfluchte Naht, Einfall aus blöden Witzen:
Man trennte uns. Jetzt aber soll, versteh
Ich leben, atmen und soll bolschewisten
Und, noch vorm Tode besser werdend
Mich aufhalten und mit den Menschen spielen!

Das stell dir vor, wie in Tscherdyn, dem Täubchen
Wos stinkt nach Ob, und der Tobol im Trichter
Ich wälzte mich im siebenzölligen Durcheinander.
Ich sah sich die Verleumder-Böcke prügeln
Ein Hähnchen in durchsichtiger Dunkelheit –
Und Rotz, und Fraß, und irgendwas, und Lügen –
Den Spechtschlag warf ich ab. Sprung. Ich bin bei Verstand.

Und Moskau, meine Schwester, du bist leicht
Wenn du vorm ersten Klang der Straßenbahn
Im Flugzeug deinem Bruder Grüße reichst:
Zärtlicher als das Meer, wirr wie Salat
Aus dunklem Holz und Milch und Glas.

Es redete und sprach mit mir mein Land
Wohlwollte, wies zurecht, und las mich nicht.
Doch da ich aufwuchs und als Zeuge sah
Sahs mich, und hat wie eine Linse nah
Mich mit dem Strahl der Admiralität entflammt.

Noch leben soll ich, atmen, bolschewisten
Und Sprache machen, ungehorsam, mir ein Freund.
Am Pol hör ich Sowjet-Maschinen brüllen
Und weiß und weiß: der deutschen Brüder Hals
Und seh den lila Kamm der Lorelei
Dem Gärtner-Henker sanft die Freizeit füllen.

Und ich bin nicht beraubt, noch angeschlagen
Nur weiter nichts, als etwas überladen.
Wie das Igor-Lied ist meine Saite straff.
Und in der Stimme nach den Atemnöten
Klingt nun die Erde – eine letzte Waffe –
Trockene Feuchte schwarzerdiger ha ...

Mai/Juni 1935   *Deutsch von Rainer Kirsch*

Не мучнистой бабочкою белой
В землю я заемный прах верну.
Я хочу, чтоб мыслящее тело
Превратилось в улицу, в страну –
Позвоночное обугленное тело,
Осознавшее свою длину.

Возгласы темно-зеленой хвои –
С глубиной колодезной венки –
Тянут жизнь и время дорогое,
Опершись на смертные станки,
Обручи краснознаменной хвои –
Азбучные круглые венки.

Шли товарищи последнего призыва
По работе в жестких небесах,
Пронесла пехота молчаливо
Восклицанья ружей на плечах.

И зенитных тысячи орудий –
Карих то зрачков иль голубых –
Шли нестройно – люди, люди, люди –
Продолженье зорких тех двоих.

21 июля 1935

Мой щегол, я голову закину,
Поглядим на мир вдвоем.
Зимний день, колючий, как мякина,
Так ли жестк в зрачке твоем?

Хвостик лодкой, перья черно-желты,
Ниже клюва в краску влит,
Сознаешь ли, до чего щегол ты,
До чего ты щегловит?

Nicht als mehliger Schmetterling, aschweiß
Bring ich den entliehenen Staub der Erde.
Ich will, daß der denkende, der Körper
Ganz zum Land und ganz zur Straße werde –
Der verkohlte schwarze Wirbelkörper
Der nun seine ganze Länge weiß.

Rufe dunkelgrünen Tanngezweigs –
Dunkle brunnentiefe Kränze –
Ziehn das Leben und die teure Zeit
Angelehnt an die Lafetten glänzen
Reifen aus Rotbannertanngezweig
Wie aus Kinderfibeln runde Kränze.

Es marschiern des letzten Gangs Genossen
Von der Arbeit in den harten Himmeln;
Schweigend trug die Infanterie verschlossen
Auf den Schultern der Gewehre Stimmen.

Tausende zenitene Geschütze –
Nah, Pupillen, Braun und Blau im Weiß –
Zogen ungeordnet – Menschen, Menschen –
Fortsetzung der scharfblickenden zwei.

21. Juli 1935   *Deutsch von Rainer Kirsch*

Stieglitz, komm, ich leg den Kopf nach hinten
Schaun wir beide auf die Welt.
Ob der Wintertag, wie Kleiebrot spitz
Auch so hart in deine Augen fällt?

Den Schwanz gekehlt, gelbschwarz die Federn
Unterm Schnabel rot gespritzt –
Weißt du, Stieglitz, denn, wie sehr du
Wie sehr du ein Stieglitz bist?

Что за воздух у него в надлобье –
Черн и красен, желт и бел!
В обе стороны он в оба смотрит – в обе! –
Не посмотрит – улетел!

9–27 декабря 1936

Эта область в темноводье –
Хляби хлеба, гроз ведро,
Не дворянское угодье –
Океанское ядро.
Я люблю ее рисунок,
Он на Африку похож.
Дайте свет, – прозрачных лунок
На фанере не сочтешь...
Анна, Россошь и Гремячье, –
Я твержу их имена.
Белизна снегов гагачья
Из вагонного окна.

Я кружил в полях совхозных,
Полон воздуха был рот,
Солнц подсолнечника грозных
Прямо в очи оборот.
Въехал ночью в рукавичный,
Снегом пышущий Тамбов,
Видел Цны – реки обычной –
Белый, белый, бел-покров.
Трудодень страны знакомой
Я запомнил навсегда,
Воробьевского райкома
Не забуду никогда.

Где я? Что со мной дурного?
Степь беззимняя гола.
Это мачеха Кольцова.
Шутишь – родина щегла!
Только города немого
В гололедицу обзор,

Was für Luft bei ihm dort überm Scheitel –
Gelb und weiß, und schwarz und rot!
Nach beiden Seiten schaut er aus – nach beiden! –
Schaut nicht mehr. Flog fort.

9.–27. Dezember 1936   *Deutsch von Rainer Kirsch*

Kornschlund und Gewittereimer
Dieses wasserblinde Land:
Keines Adels Bienenweide –
Zentrum eines Ozeans.
Und ich liebe seine Zeichnung –
Es sieht aus wie Afrika –
Licht her – und durchs Sperrholz leuchten
Muster, Mulden, unzählbar.
Anna, Rossosch und Gremjatschje –
Nenn die Namen noch und schon –
Entenweiß des Schnees, unendlich
Aus den Fenstern des Waggons.

Durch die Sowchosfelder zog ich
Luft im Mund, ein volles Maul
Bös der Sonnenblumensonnen
Wendung mir direkt ins Aug.
Fuhr bei Nacht ins fäustlingvolle
Tambow ein, in Schnee und Eis
Sah der Zna, des öden Flüßchens
Weiße, weiße Decke weiß.
Und ich merke mir das Tagwerk
Dieses Lands für jetzt und noch –
Nie im Leben, nie vergeß ich
Das Rajkom von Worobjowsk.

Wo denn? Was ist mit mir Schlimmes?
Winterlos die Steppe, kahl.
A. Kolzows Stiefmutter ist das.
Quatsch. Des Stieglitz Heimat, ja.
Nur ein bißchen Blick bei Glatteis
Auf den Platz der stummen Stadt

Только чайника ночного
Сам с собою разговор...
В гуще воздуха степного
Перекличка поездов
Да украинская мова
Их растянутых гудков.

23–29 декабря 1936

Вехи дальние обоза
Сквозь стекло особняка.
От тепла и от мороза
Близкой кажется река.
И какой там лес, – еловый? –
Не еловый, а лиловый,
И какая там береза,
Не скажу наверняка, –
Лишь чернил воздушных проза
Неразборчива, легка...

26 декабря 1936

Как подарок запоздалый
Ощутима мной зима,
Я люблю ее сначала
Неуверенный размах.

Хороша она испугом,
Как начало грозных дел.
Перед всем безлесным кругом
Даже ворон оробел.

Но сильней всего непрочно-
Выпуклых голубизна,
Полукруглый лед височный
Речек, бающих без сна...

29/30 декабря 1936

140

Nur die nächtlichen Zitate
Aus sich selbst des Samowars
Wechselndes Signal der Züge
Im Gestrüpp der Steppenluft
Und die ukraïnische Rede
Ihres langgezogenen Rufs.

23.–29. Dezember 1936   *Deutsch von Rainer Kirsch*

Wegzeichen für den fernen Troß
Vom Vorstadthaus, allein, durchs Glas ...
Von der Wärme und vom Frost
Ist so nah, so nah der Fluß.
Und was für ein Wald dort – Fichten?
Keine Fichten – lila Licht.
Und dort welcher Birken Rosa
Sag ich ohne Sicherheit;
Nur der Lüftetinte Prosa
Ist unleserlich und leicht ...

26. Dezember 1936   *Deutsch von Rainer Kirsch*

Wie verspätetes Geschenk
Ist mir nun der Winter. Jung
Seh ich seines Anfangs ernsten
Zögernd ungewissen Schwung.

Schön an ihm der Schrecken. Gleich
Anbeginn furchtbarer Taten.
Vor dem waldlos kahlen Kreis
Zitterte sogar der Rabe.

Doch am stärksten der zerbrechlich
Aufgewölbten Bläue Weiß:
Der, die schlaflos forterzählen,
Flüßchen rundes Schläfeneis ...

29./30. Dezember 1936   *Deutsch von Rainer Kirsch*

Еще не умер ты, еще ты не один,
Покуда с нищенкой-подругой
Ты наслаждаешься величием равнин,
И мглой, и холодом, и вьюгой.

В роскошной бедности, в могучей нищете
Живи спокоен и утешен, –
Благословенны дни и ночи те,
И сладкогласный труд безгрешен.

Несчастлив тот, кого, как тень его,
Пугает лай и ветер косит,
И беден тот, кто, сам полуживой,
У тени милостыню просит.

15/16 января 1937

Я нынче в паутине световой, –
Черноволосой, светло-русой.
Народу нужен свет и воздух голубой,
И нужен хлеб и снег Эльбруса.

И не с кем посоветоваться мне,
А сам найду его едва ли, –
Таких прозрачных плачущих камней
Нет ни в Крыму, ни на Урале.

Народу нужен стих таинственно-родной,
Чтоб от него он вечно просыпался
И льнянокудрою, каштановой волной –
Его звучаньем – умывался. . .

19 января 1937

Noch bist nicht tot du und bist nicht allein
Solang du mit der Freundin-ohne-Kopeke
Die Weite dieser Ebenen genießt
Schneesturm, die Kälte, und den Nebel.

In Luxus-Elend, Bettelarmut mächtig
Leb du gelassen und in Trost –
Gesegnet sind die Tage und die Nächte
Und unschuldig der Mühen süßer Ton.

Unglücklich der, den, wie sein Schatten
Der Hunde Bellen schreckt und der Wind mäht;
Und arm, der, selbst nur halblebendig
Zum Schatten um Almosen geht.

15./16. Januar 1937   *Deutsch von Rainer Kirsch*

Im hellen Spinngewebe bin jetzt ich
Schwarzhaarigen, lichtblonden.
Das Volk braucht blaue Luft, und Licht
Und braucht den Elbrusschnee und Brot.

Und nirgends jemand, mit mir Rat zu teilen
Und selber finde ichs wohl nie –
So durchsichtige weinende Steine
Sind weder im Ural, noch auf der Krim.

Das Volk braucht den nah-und-geheimnisvollen Vers
Daß dieser es auf Ewigkeit erweckt
Und sichs in seinem Klingen, der flachshellen
Kastanienbraunen Welle wäscht.

19. Januar 1937   *Deutsch von Rainer Kirsch*

Средь народного шума и спеха,
На вокзалах и пристанях
Смотрит века могучая веха
И бровей начинается взмах.

Я узнал, он узнал, ты узнала,
А потом куда хочешь влеки –
В говорливые дебри вокзала,
В ожиданья у мощной реки.

Далеко теперь та стоянка,
Тот с водой кипяченой бак,
На цепочке кружка-жестянка
И глаза застилавший мрак.

Шла пермяцкого говора сила,
Пассажирская шла борьба,
И ласкала меня и сверлила
Со стены этих глаз журьба.

Много скрыто дел предстоящих
В наших летчиках и жнецах,
И в товарищах реках и чащах,
И в товарищах городах...

Не припомнить того, что было, –
Губы жарки, слова черствы, –
Занавеску белую било,
Несся шум железной листвы.

А на деле-то было тихо,
Только шел пароход по реке,
Да за кедром цвела гречиха,
Рыба шла на речном говорке.

И к нему – в его сердцевину –
Я без пропуска в Кремль вошел,
Разорвав расстояний холстину,
Головою повинной тяжел...

Январь 1937

144

Unterm Lärm und Gehetz des Volkes
Auf den Bahnhöfen, Anlegestelln
Wacht des Zeitalters ragende Säule
Und nun spannt sie die Brauen empor.

Ich erfuhrs, er erfuhrs, du erfuhrst es,
Doch jetzt bring mich, wohin du magst –
Ins geschwätzge Gewühl des Bahnhofs,
Und zum Warten am mächtigen Strom.

Weit entfernt nun die Haltestelle,
Der Behälter mit fadem Getränk,
An der Kette ein Schwarzblechbecher
Und die Finsternis hüllt dir das Aug.

Schroff anbrandend die Permer Mundart,
Hoch aufwogend der Fahrgäste Schlacht,
Von der Wand her umfing und durchbohrt mich
dieser Augen scharf rügender Blick.

Viele Taten sind, künftge, beschlossen
In den Fliegern, den Schnittern und auch
Den Genossen Flüssen und Wäldern,
Und dem Bruder, der großen Stadt . . .

Nicht an alles kann ich mich erinnern,
– Lippen brennend, die Worte spröd –
Und es flattert der weiße Vorhang,
Und ein Rauschen von Stahl dringt ans Ohr.

Doch in Wahrheit umwob uns die Stille –
Langsam glitt nur das Schiff auf dem Strom,
Hinter Zedern der Buchweizen blühte,
Und der Fisch glitt durchs Flußgeschwätz.

Und zu ihm – in sein Herz, in sein Innres –
In den Kreml ging ich ohne Schein,
Hatt zerfetzt der Entfernungen Tücher
Durch mein schuldschwerbeladenes Haupt.

Januar 1937   *Deutsch von Roland Erb*

145

Где связанный и пригвожденный стон?
Где Прометей — скалы подспорье и пособье?
А коршун где и желтоглазый гон
Его когтей, летящих исподлобья?

Тому не быть — трагедий не вернуть,
Но эти наступающие губы,
Но эти губы вводят прямо в суть
Эсхила-грузчика, Софокла-лесоруба.

Он — эхо и привет, он — веха, нет — лемех.
Воздушно-каменный театр времен растущих
Встал на ноги, и все хотят увидеть всех,
Рожденных, гибельных и смерти не имущих.

19 января—4 февраля 1937

РИМ

Где лягушки фонтанов, расквакавшись
И разбрызгавшись, больше не спят
И, однажды проснувшись, расплакавшись,
Во всю мочь своих глоток и раковин
Город, любящий сильным поддакивать,
Земноводной водою кропят, –

Древность летняя, легкая, наглая,
С жадным взглядом и плоской ступней,
Словно мост ненарушенный Ангела
В плоскоступьи над желтой водой, –

Голубой, онелепленный, пепельный,
В барабанном наросте домов,
Город, ласточкой купола лепленный
Из проулков и из сквозняков, –
Превратили в убийства питомник
Вы, коричневой крови наемники,
Итальянские чернорубашечники,
Мертвых цезарей злые щенки...

Das Stöhnen – wo? gekettet, aufgespießt?
Prometheus – wo? des Felsens Halt und Stütze?
Der Geier – wo? und gelbäugig die List
Von Krallen, unterm Kopf hervor sich stürzend?

Nichts kommt. Tragödien – ohne Wiederkehr.
Doch diese Lippen, die nach vorne prellten,
Die Lippen führen tief ins Wesen her
Des Aischylos, der packte, des Sophokles, der fällte.

Ja, Echo ists und Gruß, ist Wegstein, Pflug.
Die Bühne – Luft und Stein – des Zeiten-Wachsens
Stellt auf sich. Jeder jeden blickend sucht:
Geborne, Sterbliche und die des Tods entraten.

19. Januar–4. Februar 1937   *Deutsch von Roland Erb*

ROM

Wo der Springbrunnen Froschschar quakend
Und spritzend den Schlaf verschenkt
Und, erwacht und in Tränen gefallen,
Aus allen Kehlen und Muschelschalen
Die Stadt, die gern nachspricht den Starken
Mit amphibischem Wasser besprengt –

Altertum, sommerlich, leichtes, freches
Mit Räuberblick und plattem Fuß
Wie die unzerstörte Brücke des Engels
Plattfüßig überm gelben Fluß –

Stadt, blaue, absurde, aschene
In geschachtelter Häuser Grind,
Von der Schwalbe der Kuppel gemachte
Aus Gassen und zugigem Wind –
Verwandelt zur Mordpflanzschule
Von euch, Söldner braunen Bluts
Italische Schwarze Hemden
Toter Cäsars Achtgroschenbrut . . .

Все твои, Микельанжело, си́роты,
Облеченные в камень и стыд, –
Ночь, сырая от слез, и невинный,
Молодой, легконогий Давид,
И постель, на которой несдвинутый
Моисей водопадом лежит, –
Мощь свободная и мера львиная
В усыпленьи и рабстве молчит.

И морщинистых лестниц уступки
В площадь льющихся лестничных рек,
Чтоб звучали шаги, как поступки,
Поднял медленный Рим-человек,
А не для искалеченных нег,
Как морские ленивые губки.

Ямы Форума заново вырыты,
И раскрыты ворота для Ирода,
И над Римом диктатора-выродка
Подбородок тяжелый висит.

16 марта 1937

СТИХИ О НЕИЗВЕСТНОМ СОЛДАТЕ

5

Хорошо умирает пехота
И поет хорошо хор ночной
Над улыбкой приплюснутой Швейка,
И над птичьим копьем Дон-Кихота,
И над рыцарской птичьей плюсной.
И дружит с человеком калека:
Им обоим найдется работа.
И стучит по околицам века
Костылей деревянных семейка –
Эй, товарищество – шар земной!

Michelangelo, deine Waisen
Gehüllt in Stein und Scham;
Die Nacht, feucht von Tränen, leichten
Schrittes der junge David;
Und das Bett, wo der unbewegte
Moses wie ein Wasserfall ruht –
Die Kraft und das Maß des Löwen
Sind im Sklaven-Dämmerschlaf stumm.

Der gerunzelten Treppen Massen
Treppenflüsse, die platzhin falln
Hob auf der Rom-Mensch gelassen
Daß die Schritte wie Taten halln –
Nicht für verkrüppelte Wonnen
Wie träge Schwämme im Meer.

Neu des Forum Gruben stehn offen
Dem Herodes ist offen das Tor
Und der Mißgeburt, des Diktators
Kinn hängt schwer über Rom.

16. März 1937   *Deutsch von Rainer Kirsch*

VERSE VOM UNBEKANNTEN SOLDATEN

5

Gut stirbt die Infanterie
Und gut singt der nächtliche Chor
Über Schwejks plattgesichtigem Lächeln
Und dem Vogelspieß des Don Quichote
Und des Ritters Vogelfuß.
Und Freund bleibt der Krüppel dem Menschen:
Es findet sich Arbeit für beide.
Und es klappert am Rand der Zeiten
Der hölzernen Krücken Schar –
Kameradschaft, he! Erdenball.

6

Для того ль должен череп развиться
Во весь лоб – от виска до виска.
Чтоб в его дорогие глазницы
Не могли не вливаться войска?
Развивается череп от жизни
Во весь лоб – от виска до виска, –
Чистотой своих швов он дразнит себя,
Понимающим куполом яснится,
Мыслью пенится, сам себе снится –
Чаша чаш – и отчизна отчизне –
Звездным рубчиком шитый чепец —
Чепчик счастья – Шекспира отец.

1937

Заблудился я в небе, – что делать?
Тот, кому оно близко, ответь!
Легче было вам, Дантовых девять
Атлетических дисков, звенеть.

Не разнять меня с жизнью, – ей снится
Убивать и сейчас же ласкать,
Чтобы в уши, в глаза и в глазницы
Флорентийская била тоска.

Не кладите же мне, не кладите
Остроласковый лавр на виски,
Лучше сердце мое разорвите
Вы на синего звона куски!

И когда я умру, отслуживши,
Всех живущих прижизненный друг,
Чтоб раздался и шире и выше
Отклик неба во всю мою грудь!

19 марта 1937

6

Soll sich dazu der Schädel entwickeln
Stirnüber – von Schläfe zu Schläfe –
Daß in die lieben Höhlen der Blicke
Die Krieger einsickern müssen?
Es wächst der Schädel vom Leben
Stirnüber – von Schläfe zu Schläfe –
Reizt sich selbst mit der Reinheit der Nähte
Glänzt auf als Kuppel, verstehend
Schäumt Gedanken und träumt sich selber –
Schalenschale und Land der Länder
Haube mit der Sternennaht:
Glückshaube – des Shakespeare Vater.

1937   *Deutsch von Rainer Kirsch*

Hab verirrt mich im Himmel – was tu ich?
Steh mir Rede doch, wem er vertraut.
Leichter wars da euch Danteschen Neun,
Den Athleten-Wurfscheiben, zu tönen!

Denn mich kann vom Leben nichts trennen –
Von Erdrosseln träumts und von Liebkosen,
Daß die Augen, Aughöhlen und Ohren
Florentinische Traurigkeit treff.

Legt mir nicht, legt mir nicht auf die Schläfen
Diesen spitzig-und-zärtlichen Lorbeer,
Eher spaltet mein Herz auseinander,
Daß tiefblau die Scherben erklingen.

Wenn ich sterb einst und ausgedient habe,
All mein Lebtag des Lebenden Freund,
Soll erstrahlen mir höher und heller
Himmels Widerhall weit in der Brust.

19. März 1937   *Deutsch von Roland Erb*

151

1

К пустой земле невольно припадая,
Неравномерной сладкою походкой
Она идет, чуть-чуть опережая
Подругу быструю и юношу-погодка.
Ее влечет стесненная свобода
Одушевляющего недостатка,
И кажется, что ясная догадка
В ее походке хочет задержаться —
О том, что эта вешняя погода
Для нас — праматерь гробового свода,
И это будет вечно начинаться.

2

Есть женщины, сырой земле родные.
И каждый шаг их — гулкое рыданье.
Сопровождать воскресших и впервые
Приветствовать умерших — их призванье.
И ласки требовать от них преступно,
И расставаться с ними непосильно.
Сегодня — ангел, завтра — червь могильный,
А послезавтра — только очертанье.
Что было поступь — станет недоступно.
Цветы бессмертны. Небо целокупно.
И то, что будет, — только обещанье.

4 мая 1937

1

Die leere Erde unwillkürlich streifend
Mit ungleichem und selig-süßem Gang
Geht sie, ein wenig nur sich eilend
Der schnellen Freundin und dem Freund voran.
Es lockt sie an die enggezogene Freiheit
Des beseligenden Mangels –
Als wollte eine klare Ahnung
Sich aufhalten in ihrem Gang –
Davon, daß dieses Frühlingswetters Helle
Uns die Urmutter ist des Grabgewölbes
Und das ist und fängt ewig an.

2

Frauen gibt es, verwandt der feuchten Erde
Und jeder ihrer Schritte tönt wie Schluchzen.
Auferstandene zu geleiten und als erste
Die Toten zu begrüßen, sind sie berufen.
Von ihnen Liebe fordern ist Verbrechen
Von ihnen Abschied nehmen nicht zu tragen.
Heute sind sie Engel, morgen Wurm im Grabe
Und übermorgen nur ein Umriß, lächelnd.
Was war – der Gang – wird unzugänglich
Blüten sind unsterblich. Der Himmel ist untrennlich.
Und das, was kommt, ist nichts als ein Versprechen.

4. Mai 1937   *Deutsch von Rainer Kirsch*

Verstreute Gedichte

ЗМЕЙ

Осенний сумрак – ржавое железо
Скрипит, поет и разъедает плоть. . .
Что весь соблазн и все богатства Креза
Пред лезвием твоей тоски, господь!

Я как змеей танцующей измучен
И перед ней, тоскуя, трепещу,
Я не хочу души своей излучин,
И разума, и музы не хочу.

Достаточно лукавых отрицаний
Распутывать извилистый клубок;
Нет стройных слов для жалоб и признаний,
И кубок мой тяжел и неглубок.

К чему дышать? На жестких камнях пляшет
Больной удав, свиваясь и клубясь,
Качается, и тело опояшет,
И падает, внезапно утомясь.

И бесполезно, накануне казни,
Видением и пеньем потрясен,
Я слушаю, как узник, без боязни
Железа визг и ветра темный стон!

1910

Среди священников левитом молодым
На страже утренней он долго оставался.
Ночь иудейская сгущалася над ним
И храм разрушенный угрюмо созидался.

Он говорил: небес тревожна желтизна.
Уж над Ефратом ночь, бегите, иереи!
А старцы думали: не наша в том вина;
Се черножелтый свет, се радость Иудеи.

Der Dämmer, herbstlich, rostgeflecktes Eisen,
Er knirscht, er singt, den Leib zerfasert er.
Das Gold gehäuft, die Lockungen, das Gleißen –
Was ists vor deiner Schwermut Schneide, Herr?

Ich beb: vor mir, da tanzts, es ist, als quäle
Mich eine Schlange. Und ich steh, gebannt.
All dies Dichkrümmen und Dichwinden, Seele:
Ich wills nicht; will nicht Musen noch Verstand.

Verneinungen, ein Knäuel, ohne Ende:
Ich wollt entwirren – ich entwirr nicht mehr.
Kein Wort für dies hier: Klagen und Bekennen ...
Mein Glas, es faßt nicht viel, mein Glas ist schwer.

Wozu denn atmen? Dort, auf harten Steinen
Die kranke Boa windet sich, sie schnellt
Empor, sie ragt, schlingt Gurte um sich, einen,
Noch einen. Keinen mehr. Die Boa fällt.

Ich, unnütz, seh dies, hörs, ich fühl den Schauer,
Hörs, sehs am Abend, vor dem letzten Tag.
Ich lausche, furchtlos, hinter Kerkermauern,
Dem Eisen, das da kreischt, dem Wind, der klagt.

1910   *Deutsch von Paul Celan*

Die Priester, und inmitten er. Er wacht,
Der junge, der Levit. Es tagt, vor offnen Lidern.
Dicht stand die Nacht um ihn, die Judennacht,
Und der zerstörte Tempel stand – stand wieder.

Er sprach: Die Himmel dort, das Gelb dort, die Gefahr.
Ihr Priester, schnell! Dort, überm Euphrat: Finsternis!
Die Alten: Nicht an uns liegts, daß immer solches war ...
Das Licht, das gelb und schwarze ... Die Freude, die
            da ist ...

157

Он с нами был, когда на берегу ручья
Мы в драгоценный лен Субботу пеленали
И семисвещником тяжелым освещали
Ерусалима ночь и чад небытия.

1917

После полуночи сердце ворует
Прямо из рук запрещенную тишь,
Тихо живет, хорошо озорует —
Любишь — не любишь — ни с чем не сравнишь.

Любишь — не любишь, поймешь — не поймаешь. . .
Так почему ж как подкидыш дрожишь?
После полуночи сердце пирует,
Взяв на прикус серебристую мышь.

Март 1931

Er stand mit uns am Wasser, der Sabbat kam, und wir,
Wir hüllten ihn in Linnen, in kostbarstes, der große,
Der Siebenleuchter flammte, erhellte dieses hier:
Die Nacht Jerusalems, den Qualm des Wesenlosen.

1917   *Deutsch von Paul Celan*

Nach Mitternacht stiehlt das Herz aus den blassen
Händen die Stille – ein Spitzbubenstreich,
Lebt leise, mutwillig ausgelassen:
Du liebst, du liebst nicht – das ist ohne Vergleich.

Du liebst, du liebst nicht. Unfaßbar, umfaß es ...
Du siehst wie ein zitterndes Findelkind aus?
Nach Mitternacht will das Herz gern prassen
Und nimmt als Zubiß eine silberne Maus.

März 1931   *Deutsch von Hubert Witt*

Gedichte für Kinder

ПРИМУС

I.

Курицы-красавицыпришли к спесивым павам:
– Дайте нам хоть перышко, на радостях: кудах!
– Вот ещё!
            Куда вы там?
                        Подумайте: куда вам?
Мы вам не товарищи: подумаешь! кудах!

II.

Сахарная голова
Ни жива ни мертва —
            Заварили свежий чай:
            К нему сахар подавай!

III.

Чтобы вылечить и вымыть
Старый примус золотой,
У него головку снимут
И нальют его водой.

Медник, доктор примусиный,
Примус вылечит больной:
Кормит свежим керосином,
Чистит тонкою иглой.

IV.

Очень люблю я белье,
С белой рубашкой дружу;
Как погляжу на нее —
Глажу, утюжу, скольжу:
            – Если б вы знали, как мне
            Больно стоять на огне!

DER PRIMUSKOCHER

1

Die hühnerschönen Hühnerchen zum stolzen Pfau hintraten:
– Ach schenk uns doch ein Federchen, zum Feiertag,
        gack-gack!
– So was, das! Das fehlt noch, was! Beseht mal eure Waden!
Ich habe mit euch nichts zu tun: seht mal an; gack-gack!

2

Der Zuckerkopf, der Zuckerhut
Ist weiß vor Angst und halb tot:
Das Wasser überm Teeblatt zischt –
Da muß Zucker auf den Tisch!

3

Um den alten Primuskocher
Zu kurieren und zu waschen
Nimmt man ihm das Köpfchen ab
Und man gießt ihn voll mit Wasser.

Kupferschmied, der Primusdoktor
Heilt den kranken Primuskocher:
Sticht die dünne Nadel krumm
Füttert ihm Petroleum.

4

– Ich hab die Wäsche gern
Mein Freund, das Hemd, ist weiß
Seh ichs nur von fern
Streichle ich, bügle ich, gleit ich:
Wüßtet ihr, wie weh
Es tut, auf dem Feuer zu stehn!

V.

– Мне сырому, неученому
Простоквашей стать легко, –
Говорило кипяченому
Сырое молоко.

А кипяченое
Отвечает нежненько:
– Я совсем не неженка:
У меня есть пенка!

VI.

– В самоваре и в стакане,
И в кувшине, и в графине
                 Вся вода из крана.
– Не разбей стакана.

– А водопровод
     Где
         воду
            берет?

VII.

Плачет телефон в квартире,
Две минуты, три, четыре.
Замолчал и очень зол:
Ах, никто не подошел.

– Значит, я совсем не нужен,
Я обижен, я простужен:
Телефоны-старики —
Те поймут мои звонки!

5

– Mir, der rohen, ungelehrten
Fällt leicht, Sauermilch zu werden!
Sagte zur gekochten grob
Die rohe Milch im Topf.

Die gekochte, leis, nicht laut
Wisperte: – Das macht mir nichts!
Ich bin gar nicht zimperlich!
Ich habe eine Haut!

6

Im Samowar und im Glas
In der Kanne, in der Wanne
Ist alles Wasser aus dem Hahn.
– Vorsicht! Stoß das Glas nicht an!

– Und das Wasser in der Leitung?
Woher
      nimmt sies?
                Aus der Zeitung?

7

Das Telefon in der Stube
Heulte zwei, drei, vier Minuten.
Es wird stumm und ist verstimmt –
Keiner kommt, der es nimmt!

– Ja, so ist das! Keiner braucht mich!
Ich bin gekränkt, ich habe Bauchweh!
Die alten Herren Telefone –
Die verstünden meinen Ton!

VIII.

– Если хочешь, тронь –
Чуть тепла ладонь:
Я электричество – холодный огонь.

Тонок уголек,
Волоском завит:
Лампочка стеклянная не греет, а горит.

IX.

Что ты прячешься, фотограф,
Что завесился платком?

Вылезай, снимай скорее:
Будешь прятаться потом.

Только страусы в пустыне
Прячут голову в крыло.

Эй, фотограф! Неприлично
Спать, когда совсем светло!

X.

Покупали скрипачи
На базаре калачи,
И достались в перебранке
Трубачам одни баранки.

1924

8

– Willst du, faß mich an
Ich wärm nicht die Hand:
Ich bin die Elektrizität, ein kalter, kalter Brand.

Rot das Fädchen hängt
Wie ein Härchen krumm:
Die Birne aus geblasnem Glas wärmt nicht, doch sie brennt.

9

Fotograf, versteckst du dich?
Wozu kriechst du unters Tuch?

Komm schnell vor und knips uns! Zum
Spielen ist noch Zeit genug!

Nur die Strauße in der Wüste
Ziehen ihre Köpfe ein!

Fotograf, das macht man nicht –
Schlafen, wenn die Sonne scheint!

10

Geiger mit gebranntem Haar
Kauften Brezeln beim Basar.
Im Gekreisch und im Gewimmel
Blieb den Trompetern nur ein Kringel.

1924   *Deutsch von Rainer Kirsch*

Anhang

LYDIA GINSBURG: OSSIP MANDELSTAM

Nachfolger der russischen Symbolisten, begann Mandelstam in dem Moment, da der Zerfall des Symbolismus unübersehbar war, und Alexander Blok, eben noch sein Wortführer, schon andere Antworten auf die bohrenden Fragen der Zeit gab. Die Gedichte in Mandelstams erstem Buch „Der Stein" (1913) sind schon frei von „Jenseitigkeit", frei von der positiven Ideologie und Philosophie des Symbolismus.
1912 schloß sich Mandelstam den Akmeisten an. Diese einander so unähnlichen Schüler der Symbolisten einte die Sehnsucht, zum irdischen Springquell der poetischen Werte, zur Darstellung der dreidimensionalen Welt zurückzukehren. *Dreidimensionalität* verstanden die Dichter des Akmeismus auf je besondere Art. Die Neoromantik und Exotik Nikolai Gumiljows ist grundverschieden von der dinglich-alltäglichen Welt der frühen Anna Achmatowa. Und Mandelstam beschäftigt die Dreidimensionalität in den unterschiedlichen Bedeutungen des Wortes, auch buchstäblich – als architektonische Proportion samt Material.
(. . .)
„Gotische Dynamik" sieht Mandelstam nicht als Streben nach Unendlichkeit (in der romantischen Auffassung der Gotik), sondern als Sieg der Konstruktion über das Material, als Verwandlung des Steins in die Spitze und in die Nadel. Das Architektonische in Mandelstams frühen Gedichten ist in weiterem Sinne zu verstehen. Er begriff die Wirklichkeit überhaupt architektonisch, als gearbeitete Strukturen, und zwar die Alltagsvorgänge ebenso wie die Kultur im Großen. Auf diesen entscheidenden Zug seines Werks hat Viktor Shirmunski 1916 als erster in seinem Aufsatz „Die Überwinder des Symbolismus" aufmerksam gemacht. Mandelstam sei inspiriert von der „Verarbeitung... des Lebens in den kulturellen und künstlerischen Werken, die er vorfindet", bemerkt Shirmunski und untersucht einige dieser „synthetischen Verarbeitungen" in Mandelstams Poesie: das siechende Venedig, das Elementar-Musikalische der deutschen Romantik, die Kathedralen des Kreml, Homer u. a. (V. Shirmunski, Voprosy teorii literatury, Leningrad 1928, S. 328–330). In einer dichten Atmosphäre der Stilisierung (die immer unhistorisch ist) stieß Mandelstam auf diesem

Weg vor zu einem historischen Verständnis der Kulturen und Stile.

Die Persönlichkeit des Dichters stand nicht im Mittelpunkt der poetischen Welt des frühen Mandelstam. Später, im „Rauschen der Zeit", schrieb er: „Ich will nicht von mir selber sprechen, sondern einem Zeitalter nachspüren, dem Rauschen und Hervorbrechen der Zeit. Mein Gedächtnis ist allem Persönlichen feind." Doch muß man annehmen, daß Mandelstam, als er im Buch „Der Stein" die Welt der gegenständlich verkörperten Kulturphänomene schuf, nicht daran zweifelte, *lyrische* Poesie zu schreiben.

(. . .)

Der frühe Mandelstam bevorzugt unter den historischen und künstlerischen Kulturen eindeutig die synthetische hellenisch-römische Kultur. Mandelstam rezipiert sie über die russische Überlieferung – den russischen Klassizismus des 18. Jahrhunderts, über Batjuschkow, Puschkin und die russische Baukunst. (. . .) Diese Konzeption entstand wahrscheinlich unter dem Einfluß der Ideen Dostojewskis von der *Universalität*, der *Allmenschlichkeit* als einer Eigenschaft des russischen Nationalbewußtseins. Aber Mandelstam verlegt das Problem auf die Ebene der Sprache, die fundamentale für den Dichter.

In seinem Aufsatz „Über die Natur des Wortes" (1922) schrieb Mandelstam: „Die russische Sprache ist hellenistisch. Auf Grund verschiedener geschichtlicher Umstände strebten die lebendigen Kräfte der hellenischen Kunst, den Westen lateinischem Einfluß überlassend, in den Schoß der russischen Sprache und vermachten ihr das Urgeheimnis hellenischer Weltsicht, das Geheimnis der freien Verkörperung, und daher wurde *die russische Sprache ein klingender und redender Körper.*" Es geht hier nicht darum, inwieweit die linguistischen Erwägungen Mandelstams dem modernen Forschungsstand entsprechen. Entscheidend ist etwas anderes: Welchen Platz haben sie im System seiner Auffassungen von den historischen Kulturen und Kulturstilen?

In „Tristia" wie im „Stein" bedient sich Mandelstam nicht der poetischen Sprache des russischen Klassizismus des beginnenden 19. Jahrhunderts mit ihrer Mythologie und ihren Formeln. Dennoch war er darauf aus, einen eigenen hellenischen „Dialekt" in der Poesie zu schaffen. Mandelstams

171

poetische Sprache ist synthetisch und weitgreifend; sie umfaßt alles: feierliche Archaismen und die Worte des Alltags, literarische Reminiszenzen und Umgangssprachliches. Es geht also nur um die antike *Färbung*, um Worte einer bestimmten Dynamik, mit denen Mandelstam den Kontext anzustecken verstand. Die Verwendung solcher einfärbender Worte lernten Mandelstam und seine Zeitgenossen von den Dichtern der Puschkin-Zeit.

(. . .)

Im Aufsatz „Über die Natur des Wortes" betont Mandelstam, daß die russische literarische Tradition einen *heroischen* und einen *häuslichen* Hellenismus kannte. „Hellenismus, das ist der Kochtopf, die Ofengabel, der Krug Milch, das ist Gerät, Geschirr, die Umgebung des Leibs... Hellenismus, das heißt, der Mensch umgibt sich mit Gerät anstatt mit gleichgültigen Gegenständen, verwandelt die Gegenstände in Gerät, vermenschlicht die ihn umgebende Welt, wärmt sie mit seiner feinen teleologischen Wärme."

Den „Mann aus Petersburg und von der Krim" nennt ihn Marina Zwetajewa in ihren Erinnerungen (Literaturnaja Armenija 1966, Nr. 1, S. 59). Leidenschaftlich liebte Mandelstam die Krim, das Meer. Und die Krim wurde für ihn so etwas wie eine eigene Variante der Antike. Der Hellenismus der „Tristia" ist von Krimmotiven durchzogen, und das gibt ihm die besondere Intimität.

OSSIP MANDELSTAM: DER DACHSBAU

... Blok empfand eine geschichtliche Liebe, eine geschichtliche Objektivität zur häuslichen Periode der russischen Geschichte, die im Zeichen der Intelligenz und der Volkstümler stand. Die schweren dreisilbigen Takte Nekrassows waren für ihn erhaben wie Hesiods „Werke und Tage". Die siebensaitige Gitarre, die Freundin Apollon Grigorjews, war für ihn nicht weniger heilig als die klassische Lyra. Er nahm die Zigeunerromanze auf und machte sie zur Sprache der Volksleidenschaft. Es scheint, als wehe von der hohen mathematischen Stirn der Sofia Perowskaja im gleißenden Licht Blokscher Erkenntnis der russischen Realität schon die Marmorkühle wirklicher Unsterblichkeit.

Man kann sich nicht genug wundern über Bloks geschichtlichen Spürsinn. Schon lange bevor er uns beschwor, die Musik der Revolution zu hören, hörte er die unterirdische Musik der russischen Geschichte *dort*, wo selbst das angestrengteste Ohr nur eine synkopische Pause vernahm. Aus jeder Zeile der Gedichte über Rußland sehen uns Kostomarow, Solowjow und Kljutschewski entgegen, Kljutschewski besonders, der gute Geist, der Hausgeist, der Beschützer der russischen Kultur, neben dem jedes Unheil, jede Prüfung ihre Schrecken verlieren.

Blok, ein Mann des 19. Jahrhunderts, wußte, daß die Tage seines Jahrhunderts gezählt waren. Gierig weitete und vertiefte er seine Welt in der Zeit, wie der Dachs in der Erde wühlt und seinem Bau zwei Ausgänge gräbt. Das Jahrhundert ist ein Dachsbau, der Mann des Jahrhunderts lebt und arbeitet im knapp bemessenen Raum, strebt fiebernd seine Besitzungen zu erweitern und schätzt nichts so sehr wie die Ausgänge aus dem unterirdischen Bau. Getrieben vom Instinkt des Dachses vertiefte Blok seine Kenntnis der Poesie des 19. Jahrhunderts. Englische und deutsche Romantik, die blaue Blume Novalis', Heines Ironie, eine fast puschkinsche Gier, die glühenden Lippen in der labenden Reinheit der Quellen der europäischen Volksdichtung zu kühlen, der englischen, französischen, deutschen – von jeher quälte sie Blok.

OSSIP MANDELSTAM: LAMARCK UND LINNÉ

Lamarck empfindet die Abgründe zwischen den Klassen. Er hört die Pausen und Synkopen der Evolutionsreihe.

Lamarck hat seine Augen in die Lupe verweint. Er ist die einzige Shakespearische Figur der Naturwissenschaft.

Man sehe nur, wie er, ein ehrwürdiger Greis fast, rot vor Schweiß die Treppe der Lebewesen hinabrast wie ein junger Mann, dem der Minister wohlwill, den die Geliebte beglückt.

Niemand, auch die stursten Mechanisten nicht, sieht im Wachstum des Organismus das Ergebnis der Veränderlichkeit des äußeren Milieus. Das Milieu lädt den Organismus nur zum Wachstum ein. Seine Funktionen kommen in einem gewissen Wohlwollen zum Ausdruck, das allmählich und unablässig von der Grausamkeit ausgelöscht wird, die den lebendigen Körper mit seinem nahenden Tod verbindet. Der Organismus ist für das Milieu eine Wahrscheinlichkeit, ein Erwünschtes und Erwartetes. Das Milieu ist für den Organismus eine einladende Gewalt. Weniger Hülle als vielmehr Herausforderung. Wenn der Dirigent mit seinem Stab das Thema aus dem Orchester hervorzieht, ist er nicht die physische Ursache des Klangs. Der Klang ist schon vorgegeben in der Partitur der Sinfonie, in der spontanen Übereinkunft der Ausführenden, in der Menschenfülle des Konzertsaals und der Beschaffenheit der Musikinstrumente.

Lamarcks Tiere sind Fabeltiere. Sie passen sich den Lebensbedingungen an. Wie bei Lafontaine. Die Füße des Reihers, der Hals der Ente und des Schwans, die Zunge des Ameisenbärs, die asymmetrische und symmetrische Struktur des Auges mancher Fische.

Lafontaine hat, wenn man so will, Lamarck vorbereitet. Seine klügelnden, moralisierenden vernünftigen Tiere waren ein herrliches Lebendmaterial für die Evolution. Sie hatten die Mandate schon untereinander verteilt!

Der Paarhuferverstand der Säugetiere versieht ihre Zehen mit gerundetem Horn.

Das Känguruh springt in logischen Sprüngen.

Dieses Beuteltier besteht nach Lamarcks Beschreibung aus schwachen, mit ihrer Überflüssigkeit ausgesöhnten Vorderbeinen, aus starken, von ihrer Bedeutung überzeugten Hinterbeinen und einer mächtigen Thesis, genannt Schwanz. Schon tummeln sich die Kinder zu Füßen der Evolutionstheorie von Väterchen Krylow, ich meine Lamarck-Lafontaine, und spielen im Sand. In ihrer Zufluchtsstätte im Jardin du Luxembourg ist sie von Gummibällen und Federbällen umwachsen.

Ich aber liebe es, wenn Lamarck böse wird und die ganze pädagogische Portierslangeweile in Scherben geht. In den Begriff „Natur" bricht die Marseillaise!

Die Männchen der Wiederkäuer rennen mit den Stirnen gegeneinander. Sie haben noch keine Hörner.

Aber eine innere Empfindung, hervorgerufen vom Zorn,

174

lenkt in die Stirnstöcke „Fluida", die die Bildung von Horn und Knochensubstanz ermöglichen.

Da ziehe ich meinen Hut. Und lasse dem Lehrer den Vortritt.

Möge der jugendliche Donner seiner Beredsamkeit nie verstummen! „Noch" und „schon" sind die beiden Leuchtpunkte Lamarckschen Denkens, die Leuchtbojen des Evolutionsruhms und die Fotografen, Signalgeber und Scharfschützen der Morphologie.

Er war von der Art der alten Instrumentenstimmer, die mit knochigen Fingern in fremden Häusern klimpern. Nur chromatische Finten und kindliche Arpeggios waren ihnen erlaubt.

Napoleon gestattete ihm, die Natur zu stimmen, weil er sie für kaiserliches Eigentum hielt.

In den zoologischen Beschreibungen Linnés ist der Traditionsbezug und eine gewisse Abhängigkeit vom Jahrmarktszoo nicht zu übersehen. Der Besitzer so einer fahrenden Schaubude oder der angeheuerte Scharlatan von einem Erklärer versucht seine Ware an den Mann zu bringen. Diese Ausrufer hätten es sich nicht träumen lassen, daß sie eine gewisse Rolle spielen würden bei der Entstehung des Stils der klassischen Naturwissenschaft. Sie erzählten, was ihnen gerade einfiel, phantasierten das Blaue vom Himmel herunter, begeisterten sich dabei selber an ihrer Kunst. Ihre Rettung war der Teufel, der krumme, und natürlich die Berufserfahrung, die solide Handwerkstradition.

Linné muß als Kind in Upsala den Jahrmarkt und die Erklärungen im Wanderzoo gehört haben. Wie alle Jungen verging er, schmolz er hin vor dem gelehrten Burschen in Kavalleriestiefeln, der die Peitsche schwang, vor dem Doktor einer fabelhaften Zoologie, der den Puma pries, indem er mit seinen mächtigen roten Fäusten herumfuchtelte.

Wenn ich die wichtigen Werke des schwedischen Naturforschers der Beredsamkeit eines Jahrmarktschwätzers vergleiche, will ich Linné nicht herabsetzen. Ich will nur daran erinnern, daß der Naturforscher ein professioneller Erzähler ist, der Vorzeiger neuer interessanter Arten.

Die kolorierten Tierbilder aus Linnés „Systema naturae" hätten neben den Bildern vom Siebenjährigen Krieg und dem Öldruck des Verlorenen Sohns hängen können.

Linné malte seine Affen in den zartesten Kolonialfarben. Er

tauchte seinen Pinsel in chinesische Lacke, malte mit braunem und schwarzem Pfeffer, mit Safran, Olive, Kirschsaft. Dabei tat er seine Arbeit flink und fröhlich wie ein Barbier, der den Bürgermeister rasiert, oder wie eine holländische Hausfrau, die den Kaffee in einer riesigen Mühle zwischen den Beinen mahlt.

Hinreißend ist die Kolumbusbuntheit des Linnéschen Affenzwingers. Da verteilt Adam Belobigungsurkunden an die Säugetiere und hat sich einen Zauberer aus Bagdad und einen Mönch aus China zu Gehilfen gebeten.

OSSIP MANDELSTAM:
DARWINS LITERARISCHER STIL

Mit diesen Gottesgelehrten, Oratoren und Gesetzgebern der Naturwissenschaft vergleicht nun den bescheidenen Darwin, der bis über beide Ohren in den Fakten steckt und erregt das Buch der Natur umblättert – nicht wie die Bibel – die Bibel! –, sondern wie ein Branchenadreßbuch, wie den Börsenanzeiger, den Index der Preise, Warenzeichen und Funktionen.

Das System der Karteikarten, jene gigantische gleitende Kartothek, von der Darwin in seiner Autobiographie spricht, hatte entscheidenden Einfluß auf seinen wissenschaftlichen Stil.

Darwin vermeidet es, das ganze „Polizei"-Signalement eines Tiers oder einer Pflanze herauszuschreiben. Er tritt zur Natur in das Verhältnis eines Kriegskorrespondenten, eines Interviewers, eines tollkühnen Reporters, dem es gelingt, das Ereignis an seinen Ursprüngen zu studieren. (. . .)

Wenn wir den Ton der wissenschaftlichen Rede Darwins bestimmen wollen, dann nennen wir sie am besten ein *wissenschaftliches Gespräch*. Nicht die Vorlesung eines Professors im üblichen Sinn, kein akademischer Kurs. Stellt euch einen gelehrten Gärtner vor, der, zwischen Gemüse- und Blumenbeeten hin und wieder haltend, Gästen sein Anwesen erklärt. (. . .)

Die „Entstehung der Arten" zeigt als literarisches Werk eine große Form naturwissenschaftlichen Denkens. Vergleicht man sie mit einem musikalischen Werk, so ist das weder Sonate noch Sinfonie mit dem Anwachsen der Teile, mit verhaltenen und bewegten Partien, sondern eher eine Suite. Kleine selbständige Kapitel.

Die Energie des Beweises entlädt sich in „Quanten", Bündeln. Konzentration und Entladung, Einatmen und Ausatmen, Flut und Ebbe.

Darwin kümmert sich um das Profil seines Beweises. Auf der Suche nach unterschiedlichen Stützpunkten schafft er richtige heterogene Reihen, das heißt er gruppiert das Unähnliche, Kontrastierende, verschieden Gefärbte.

Hier fallen die Ansprüche der Wissenschaft glücklich zusammen mit einem Grundgesetz der künstlerischen Wirkung. Ich meine das Gesetz der Heterogenität, das den Künstler treibt, Klänge unterschiedlicher Qualität, Begriffe unterschiedlicher Natur und einander fremde Bilder möglichst in eine Reihe zu stellen.

In Darwins Blick befindet sich immer die gesamte organische Welt. Mit erstaunlicher Freiheit und Leichtigkeit operiert er mit den entferntesten Arten von Lebewesen.

Das Auge des Naturforschers verfügt wie das des Raubvogels über die Fähigkeit zur Anpassung. Es verwandelt sich bald in das Fernglas des Militärs, bald in die Lupenlinse des Juweliers.

In der „Entstehung der Arten" werden die Tiere und Pflanzen nie um ihrer Beschreibung willen beschrieben. Das Buch wimmelt von Naturerscheinungen, aber sie werden nur von der jeweils benötigten Seite gezeigt, beteiligen sich am Beweis, um sogleich ihren Platz den folgenden zu überlassen. Am liebsten verwendet Darwin die *serielle Aufblätterung der Merkmale* und den Zusammenprall sich kreuzender Reihen. Die wesentlichen Merkmale allmählich häufend, gibt er eine sich verstärkende Tonleiter.

LYDIA GINSBURG: OSSIP MANDELSTAM

Poesie ist eine besondere Art künstlerischer Erkenntnis, die Erkenntnis der Dinge in ihren unmittelbaren Ansichten, verallgemeinernd und zugleich individualisierend, damit wissenschaftlich-logischer Erkenntnis unzugänglich. Diese Unwiederholbarkeit, Einzigartigkeit der Konzeption ist für die Poesie der Neuzeit noch verbindlicher als die betonte Individualität des Autors oder des Helden. Daher ist das poetische Wort immer ein Wort, das vom Kontext verwandelt ist (die Formen dieser Verwandlung sind vielfältig), das sich qualitativ von seinen Doppelgängern in der Prosa unterscheidet.

Im Aufsatz „Gespräch über Dante" spricht Mandelstam häufig von der poetischen Verwandlung der Welt „mit Hilfe von Instrumenten, die im Umgang Bilder heißen". Mandelstam ist metaphorisch: das ist eine organische Eigenschaft seines Denkens. 1933 kam Mandelstam nach Leningrad. Einige Besucher (unter ihnen ich) kamen bei Anna Andrejewna Achmatowa im „Fontanny-Haus" zusammen, um das eben niedergeschriebene „Gespräch über Dante" zu hören. Mandelstam las den Aufsatz, las Gedichte, sprach viel an diesem Abend – über Gedichte, über Malerei. Uns überraschte damals die ungewöhnliche Ähnlichkeit zwischen Aufsatz, Gedicht und Tischgespräch. Das war die gleiche semantische Struktur, der Andrang großartiger Analogien, Annäherungen. Eigentümlich nah, bis zur Greifbarkeit, empfand man jene metaphorische Materie, aus der die Gedichte entstanden.

In seiner Prosa (was auch auf seine Aufsätze zutrifft) wirken die gleichen semantischen Prinzipien. Und so paradox es klingt – Mandelstams Prosa ist gelegentlich metaphorischer als seine Gedichte, jedenfalls „Die ägyptische Briefmarke". Die Metapher ist immer die Vereinigung von Vorstellungen zu einer völlig neuen und unzerlegbaren semantischen Einheit. Für Mandelstams *Verkettungen* ist das nicht Bedingung. Wichtiger für ihn ist die Veränderung der Bedeutungen, die durch den Aufenthalt der Worte im Kontext des Werks hervorgerufen werden, wo sie auch über größere Entfernung aufeinander wirken, ohne unbedingt syntaktisch verbunden zu sein. Bei dieser Bauweise erhalten die Stützworte, Schlüsselworte besondere Bedeutung. Die Leistung dieser Schlüsselworte lernte Mandelstam am psychologischen und gegenständlichen Symbolismus Innokenti Annenskis. Die Brechung des Lebens in den poetischen Symbolen ist für Mandelstam annehmbar, unannehmbar ist die Abstraktheit eines „professionellen Symbolismus". „Die Bilder sind ausgeweidet wie ein Balg", schrieb Mandelstam 1922 in „Über die Natur des Wortes", „und mit fremdem Inhalt vollgestopft ... Das ist das Los eines professionellen Symbolismus ... Ein schrecklicher Kontertanz der ‚Entsprechungen', die einander zunicken. Ein ewiges Zublinzeln ... Die Rose nickt dem Mädchen zu, das Mädchen nickt der Rose zu. Niemand will er selber sein ... Die russischen ... Symbolisten versiegelten alle Worte, alle Bilder und behielten sie sich ausschließlich für liturgische Zwecke vor. Die Lage war äußerst peinlich, man kam nicht vorbei, konnte weder aufstehen noch sich hinsetzen ... Das Gerät rebellierte. Der Besen will feiern, der Topf will nicht mehr kochen, sondern fordert absolute Bedeutung (als ob kochen nicht eine absolute Bestimmung wäre)."

In seinem frühen Aufsatz über Villon spricht Mandelstam beifällig davon, daß die mittelalterlichen Allegorien „nicht körperlos" seien. Der gleiche Gedanke in den „Notizen über Chénier": „Die sehr weiten Allegorien, keinesfalls körperlos übrigens, wozu auch ‚Freiheit, Gleichheit, Brüderlichkeit' zählen, sind für den Dichter und seine Zeit fast lebendige Personen und Gesprächspartner. Er kennt ihre Züge, er fühlt ihren Atem." Mandelstam wollte, daß im Andersreden, in der Analogie die sinnliche Wärme der Dinge erhalten bleibe. Mandelstams Schlüsselworte sind ihrer Natur nach symbolisch. Aber er nahm sie nicht aus den fertigen Vorräten des Symbolismus. Es handelt sich vielmehr um das charakteristische System seiner eigenen poetischen Symbolik. Kein Zufall, daß es sich in den Jahren nach 1910 herausbildete, als die vom Symbolismus aufgezogenen Dichter mit der Philosophie des Symbolismus brachen. In dem Aufsatz „Ein Ausfall" (1924), der den Symbolismus die „Poesie einer gens" nennt, betont Mandelstam, daß nach dem Zerfall des Symbolismus „die Herrschaft ... der Dichterpersönlichkeit" begann und „jede Persönlichkeit für sich allein mit entblößtem Kopf dastand".

In „Tristia" und in den Gedichten der ersten Hälfte der zwanziger Jahre nehmen Gegenständlichkeit und Sujetfülle, die für „Der Stein" bezeichnend sind, ab; die Erfahrung des Dichters wird in größerem Maße eine innere Erfahrung. Das ist die Erfahrung eines Menschen, der das Leben in seiner

Schönheit und Bedeutsamkeit liebt, der der Schwere des Lebens aber nicht gewachsen ist: sowohl weil das Leben ihm seine strengen Gesetze offenbart, als auch weil er in sich das Prinzip der Schwäche und Verletzlichkeit trägt, das dem Werk entgegensteht, das aber durch das Werk überwunden werden kann.

OSSIP MANDELSTAM: GESPRÄCH ÜBER DANTE

Die poetische Rede ist ein Kreuzungsprozeß, sie besteht aus zwei Klangreihen: Erstens hören und empfinden wir die Veränderung der Instrumente der poetischen Rede, die bei jedem neuen Impuls im Nu entstehen; zweitens klingt die eigentliche Rede, das heißt die Intonation und die Phonetik, die von den genannten Werkzeugen bearbeitet werden.

So verstanden ist die Poesie kein Teil der Natur, und sei sie noch so gut und erlesen, um wieviel weniger ihre Widerspiegelung, was ein Hohn wäre auf das Gesetz von der Identität, sondern sie ist ansässig in einem anderen, außerräumlichen Aktionsfeld, wo sie Natur weniger erzählt als vielmehr spielt – mit Hilfe jener Instrumente, die im Umgang Bilder heißen.

Die poetische Rede, der poetische Gedanke kann nur sehr bedingt klingend genannt werden, weil wir in ihr allein die Kreuzung der beiden Linien hören, deren eine, für sich genommen, absolut stumm ist und deren andere außerhalb der instrumentalen Metamorphosen jeder Bedeutung und jedes Interesses bar und sich nacherzählen läßt, was nach meiner Ansicht das sicherste Zeichen für das Fehlen von Poesie gibt; denn dort, wo eine Sache mit ihrer Nacherzählung vergleichbar wird, blieb das Laken unbenutzt, dort hat die Poesie sozusagen nie übernachtet.

Dante ist ein Instrumentenmeister der Poesie und kein Hersteller von Bildern. Er ist ein Stratege der Verwandlungen und Kreuzungen und am allerwenigsten ein Dichter im „gemeineuropäischen" und äußerlich kulturellen Sinn des Wortes.

Die Ringer, die sich in der Arena ineinander verknäueln, lassen sich als instrumentale Verwandlung und als Harmonie

180

begreifen. „. . . Diese nackten und fettglänzenden Ringer, die auf und ab gehen und mit den Vorzügen ihres Körpers prahlen, ehe sie sich im Entscheidungskampf ineinander verschlingen . . ." (Inferno XVI, 22–24).

Der heutige Film mit seinen Bandwurmverwandlungen erweist sich dagegen als die böseste Parodie auf die Instrumentalität der poetischen Rede, weil die Einstellungen hier kampflos dahinkriechen und einander nur ablösen.

Stellt euch etwas Begriffenes, Ergriffenes, dem Dunkel Entrissenes vor – in einer Sprache, die freiwillig und gern sofort wieder vergessen wird, sobald der erhellende Akt des Verstehens-und-Ausführens beendet ist.

In der Poesie ist allein das ausführende Verstehen von Belang – nicht das passive, nicht das reproduzierende, nicht das nacherzählende. Die semantische Sättigung ist gleich dem Gefühl, einen Befehl ausgeführt zu haben.

Die semantischen Wellen-Signale verschwinden, wenn sie ihre Arbeit getan haben: je stärker sie sind, desto nachgiebiger sind sie, desto weniger sind sie geneigt, sich aufzuhalten.

Anders endete alles im Einpauken, im Einschlagen fertiger Nägel, die man „kulturell-dichterische" Bilder nennt.

Äußere, erklärende Bildlichkeit ist mit Instrumentalität unvereinbar.

Die Qualität der Poesie wird bestimmt von der Schnelligkeit und Entschiedenheit, mit der sie ihre ausführenden Pläne-Befehle in die nichtinstrumentale, lexikalische, rein quantitative Natur der Wortbildung hineintreibt. Man muß immer in der ganzen Breite über den Fluß, der voll ist von schnellen und in verschiedene Richtungen strebenden chinesischen Dschunken – so entsteht der Sinn poetischer Rede. Man kann ihn nicht wie eine Marschroute durch Befragen der Schiffer rekonstruieren: sie sind außerstande zu erzählen, wie und warum wir von Dschunke zu Dschunke sprangen.

(. . .)

Das Inferno ist eine Pfandleihe, in der uneinlösbar alle Länder und Städte eingelagert sind, die Dante kannte. Die mächtige Konstruktion der Infernokreise hat ein Gerippe. Als Trichter kann man sie nicht bezeichnen. Auf einem Relief sind sie nicht darzustellen. Die Hölle hängt am Draht des

Stadt-Egoismus. Es ist falsch, sich das Inferno als etwas sehr Umfängliches vorzustellen, als eine Vereinigung großer Zirkusse, Wüsten mit heißem Sand, stinkender Sümpfe, babylonischer Städte und rotglühender Moscheen. Die Hölle umfaßt nichts, sie hat keinen Umfang – so wie eine Epidemie, die Seuche eines Geschwürs oder der Pest, so wie jede Ansteckung sich lediglich ausbreitet, ohne eine Ausdehnung zu besitzen.

Die Stadtliebe, die Stadtleidenschaft, der Stadthaß – das ist die Materie des Inferno. Die Kreise der Hölle sind nichts anderes als die Saturnringe der Emigration. Für den Exilierten ist die einzige, verbotene und auf immer verlorene Stadt überallhin verweht – er ist von ihr eingekreist. Ich will sagen, das Inferno ist von Florenz eingekreist. Die italienischen Städte – Pisa, Florenz, Lucca, Verona, diese lieben Bürgerplaneten – sind bei Dante zu gräßlichen Ringen gestreckt, zu Gürteln gezogen, in den nebel-, den gasförmigen Zustand zurückversetzt.

Der Antilandschaftscharakter des Inferno ist gewissermaßen die Bedingung seiner Anschaulichkeit.

Stellt euch vor, Léon Foucault macht seinen grandiosen Versuch mit einer Vielzahl von Pendeln, die ineinanderschlagen. Hier existiert der Raum nur insoweit, als er die Scheide der Amplituden bildet. Dantes Bilder zu definieren ist ebenso unmöglich wie die Familiennamen der Menschen aufzuzählen, die an der Völkerwanderung teilnahmen.

„Wie die Flamen zwischen Nissant und Brügge aus Furcht vor der hereinbrechenden Meeresbrandung Deiche errichteten, daß das Meer zurückweiche; und wie die Paduaner am Ufer der Brenta Dämme errichteten aus Sorge um die Sicherheit ihrer Städte und Burgen in Voraussicht des Frühjahrs, das den Schnee aus Kärnten (eines Teils der Schneealpen) taut – so auch, vielleicht nicht ganz so mächtig, die Dämme hier, welcher Ingenieur sie immer gebaut hatte" (Inferno XV, 4–12).

Hier schlagen die Scheiben des vielteiligen Pendels von Brügge bis Padua, halten eine Vorlesung über europäische Geographie, einen Vortrag über Ingenieurkunst, über die Technik der Städtesicherung, die Organisation gesellschaftlicher Arbeiten und über die staatliche Bedeutung der Alpenwasserscheide für Italien.

Wir, die wir vor der Verszeile auf den Knien liegen, was haben wir von diesem Reichtum bewahrt? Wo sind seine Nachfolger und Anhänger? Was soll geschehen mit unserer Poesie, die schändlich zurückbleibt hinter der Wissenschaft? Furchtbar zu denken, daß die blendenden Ausbrüche der modernen Physik und Kinetik sechshundert Jahre früher benutzt wurden, als ihr Donner erklang und wir keine Worte finden, um die beschämende, barbarische Gleichgültigkeit der traurigen Sammler fertiger Sinngebung zu brandmarken. Die poetische Rede schafft ihre Instrumente im Nu, und im Nu vernichtet sie sie wieder.

Von allen unseren Künsten hat allein die Malerei, und zwar die neue, französische, noch nicht verlernt, Dante zu hören. Die Malerei, die die Körper der Pferde, die sich dem Finish auf der Rennbahn nähern, verlängert.

Jedesmal, wenn die Metapher die vegetativen Farben des Daseins zum artikulierenden Impuls aufhebt, denke ich voller Dankbarkeit an Dante.

Wir beschreiben immer gerade das, was man nicht beschreiben darf, nämlich den eingetretenen Text der Natur, und haben verlernt zu beschreiben, was sich seiner Struktur nach zur poetischen Beschreibung eignet, nämlich die Impulse, Absichten und die Schwankungen der Amplitude.

Ptolemäus kehrt über die Hintertreppe zurück! Giordano Bruno wurde umsonst verbrannt! Unsere Schöpfungen sind schon im Mutterleib allen und jedem bekannt, während die vielgliedrigen, mehrsegligen und kinetisch zum Glühen gebrachten Vergleiche Dantes bis heute den Reiz des noch niemals Gesagten bewahrt haben.

LYDIA GINSBURG: OSSIP MANDELSTAM

Mandelstams Poesie der Jahre 1921 bis 1925 hat den Hellenismus und überhaupt alle Stilhüllen abgeworfen. Der Übergang zur Arbeit der dreißiger Jahre deutet sich an, ein neues Verhältnis des Dichters zur Wirklichkeit entsteht, ein neuer Kreis poetischer Assoziationen.

Wichtig für diesen Übergang sind Gedichte von 1923 und Anfang 1924, in denen ein Thema der „Tristia", das Thema der Zeit, aus dem Philosophischen, aus den „ewigen" lyrischen Themen hinübergeführt wird ins Historische und zum Thema des Jahrhunderts wird: „Das Jahrhundert", „Hufeisen-Finder", „Griffel-Ode", „Der erste Januar 1924".

Müßig, bei Mandelstam ein klar ausgerichtetes politisches Programm zu suchen. Die Oktoberrevolution aber nahm er an, mit Widersprüchen, mit Schwankungen, wie sie anfangs vielen Intellektuellen vorrevolutionärer Herkunft eigen waren. Direkte Äußerungen über die Revolution sind selten in den Gedichten zwischen 1917 und 1925. Häufiger finden wir sie in den Aufsätzen dieser Jahre. Da tritt Mandelstam als ein Mann auf, der die Revolution bejaht. (So schreibt er in den Aufsätzen „Das blutige Mysterium des 9. Januar" und „Auguste Barbier" 1922/23 direkt über die russische und französische Volksrevolution.) Es sind nicht die Formulierungen eines Publizisten, Historikers oder Kritikers, sondern die eines Dichters, der sich über Geschichte, Kultur und Gegenwart in seiner Sprache und durchaus widersprüchlich äußert.

Die Sammlung „Tristia" enthält das unmittelbarste Echo auf die Revolution, das Gedicht „Die Freiheit, die da dämmert...", dessen Zeitungsvariante 1918 die Überschrift „Hymne" trug.

> Nun, wir versuchen es: Herum das Steuer!
> Es knirscht, ihr Linkischen – los, reißts herum!
> Die Erde schwimmt. Ihr Männer, Mut, aufs neue!
> Wir pflügen Meere, brechen Meere um.
> Und denken, Lethe, noch wenn uns dein Frost
> durchfährt:
> Der Himmel zehn war uns die Erde wert.

Die letzten beiden Zeilen sind der Schlüssel zum Gedicht, in dem sich Entzücken und Furcht verquicken. Hier entwickelt Mandelstam eine der Grundideen der russischen Intellektuellen: selbst wenn die Revolution für die alte russische Intelligenz zur Katastrophe wird, muß diese Katastrophe im Namen einer höheren sozialen Gerechtigkeit angenommen werden. Herzen sagte es in „Vom anderen Ufer". Blok schrieb 1918 in „Intelligenz und Revolution": „Was habt ihr denn gedacht? Die Revolution sei eine Idylle? Schöpfung zerstöre nichts auf ihrem Weg? Das Volk ein Musterknabe?"

In Brjussows „Nahenden Hunnen" findet es sich ebenso wie in Pasternaks „Hoher Krankheit".

Im Gedicht „Die Freiheit, die da dämmert..." faßte Mandelstam, worüber vor ihm und neben ihm nachgedacht wurde. Die Konzeption des Gedichts bleibt für ihn sehr lange in Kraft, in den Gedichten „Das Jahrhundert" oder „Der erste Januar 1924" und sogar in dem tragischen Gedicht vom Wolfshundjahrhundert.

> Reißt es mich hin zu Schmäh- und Lästerworten?
> – Der Apfelduft des Frosts, aufs neue er –
> O Eid, den ich dem vierten Stand geschworen!
> O mein Gelöbnis, tränenschwer!

Die Last der Geschichte ist schwer:

> Die Zeit. Der Kalk im Blut des kranken Sohnes
> Wird hart.

Der Kalk im Blut ist wie das trockene Blut der „Tristia". Der gleiche Mensch erfährt jetzt den direkten Druck der Geschichte. Doch auch in diesem geschichtlichen Raum will er leben und wechselt von Rückgang und Verlöschen zum Ausbruch elementarer Lebenskraft.

> Der Kalk im Blut des kranken Sohns: er schwindet.
> Ein Lachen, selig, macht sich los.

Das Jahrhundert wird zum Doppelgänger dieses Menschen, der das Leben fürchtet und ersehnt. Manchmal ist die Grenze zwischen dem Jahrhundert und dem lyrischen Ich dieses Zyklus kaum auszumachen. Vom Sterben der Vergangenheit ist die Rede, vom neunzehnten Jahrhundert und von den „unterlegenen Abkömmlingen des neunzehnten Jahrhunderts, die nach dem Willen des Schicksals auf den neuen geschichtlichen Kontinent verschlagen wurden", wie Mandelstam es in seinem Aufsatz „Das neunzehnte Jahrhundert" sagt. Die Rede ist von jenem geistigen neunzehnten Jahrhundert, dem Jahrhundert der Reflexion und des „Relativismus" („Mein schönes trauriges Jahrhundert"), das im zwanzigsten weiterlebt, im Bewußtsein der Intelligenz, die die Revolution mit Schwankungen annahm. Die Gedichte sprechen davon. Erörtert finden wir den Zusammenhang in seinen Aufsätzen:

„Wort und Kultur", „Der Dachsbau", „Das neunzehnte Jahrhundert".

(...)

1931 entstand ein Moskau-Zyklus („Mitternacht in Moskau", „Noch taug ich nicht zum Patriarchen", „Genug gemault, Papiere in den Tisch"), der die Themen der Gedichte über Jahrhundert und Zeit von 1923/24 neu aufnahm. Die Dinge bleiben Dinge in dieser Welt, obwohl sie einen neuen, weiteren Sinn, Vieldeutigkeit gewinnen.

Der Zyklus von 1931 versucht das Verhältnis zur Gegenwart neu zu klären. Seine Sprache ist die des Alltags, die eines Zeitgenossen.

> Schluß! Kein Gebettel, kein Gejammer, kusch!
> Kein Geplärr!
> Haben deshalb Rasnotschinzen
> Die rissigen Stiefel zertreten,
> daß ich sie jetzt verrate?

Die Suche nach der Häuslichkeit in den kalten Räumen des Jahrhunderts wird abgelöst vom Schlendern durch die Straßen Moskaus, an den Ufern der Moskwa.

(...)

> Ich mag die zwiegeflügelten Tramways
> Und den Asphalt, Kaviar aus Astrachan,
> Den strohgeflochtne Matten überdecken
> Wie Bastgeflecht den Astiwein umringt
> Und wie der Baugerüste Straußenfedern
> Der Leninhäuser erste Mauersteine.

Ein ständiger Wechsel der Eindrücke und der Reaktionen auf diese Eindrücke. Der Mensch, der durch die Stadt streift, will als Zeitgenosse anerkannt sein und quält sich doch zugleich mit seiner Losgerissenheit. Der eine Pol: „Zeit wird, ihr wißt, auch ich bin Zeitgenosse..." Der andere:

> Doch kehrst du einen Augenblick dich ab,
> So findest du Verwirrung nur und Öde.
> So geh nur, geh! und bitte sie um Feuer!

Das quälende Zickzack zwischen dem Schein eines Kontakts zur Welt und der Sehnsucht nach wirklichem Kontakt. Der eine Pol:

> Bedächtest du, was an die Welt dich bindet,
> Du glaubtest selbst dir nicht: Gespinste nur!

Der andere:

> Wie gern möcht ich mich in ein Spiel vertiefen,
> Wie Kinder unbeschwert die Wahrheit reden,
> Zum Teufel meine öde Graumut schicken,
> Um irgendeinen an der Hand zu nehmen
> Und ihm zu sagen: Freund, komm geh mit mir.

Der fiebernde Wechsel, Anziehen und Abstoßen, mündet in die Formel:

> Und lebend nicht, leb ich mein Leben doch.

Der Zyklus aber schließt mit einem neuen Gelöbnis an den vierten Stand:

> Was für ein Sommer! Junger Arbeitsleute
> Funkelnde Rücken, die tatarisch braunen...
> ... Sei gegrüßt, gegrüßt,
> Mächtige, unbekehrte Vertebrata:
> Du wirst uns tragen mehr denn ein Jahrhundert!

(...)

Im „Stein" steckte das Lyrische in dinglichen und erzählenden Formen. In „Tristia" verbarg sich das persönliche Thema hinter dem metaphorischen System des hellenischen Stils. Für den späten Mandelstam gibt es keine stilistischen Trennwände mehr zwischen dem Wort des Dichters und seiner menschlichen Erfahrung. Doch auch jetzt wird für Mandelstam das Bild des lyrischen Helden nicht das Bild des Dichters. In den dreißiger Jahren wurde das Problem der lyrischen Persönlichkeit, das Problem des Autorbewußtseins in der zeitgenössischen Lyrik entscheidend. Es bewegte viele. Die Position des reifen Mandelstam ist hier prononciert antiromantisch, denn trotz seines Konzepts, Kunst gehöre zu den entscheidenden Werten und Kräften des Lebens, blieb ihm doch die „Auffassung des Lebens als des Dichterlebens" völlig fremd. Der Mensch, von dem Mandelstam spricht, lebt nach den für alle verbindlichen Gesetzen. Schon im Gedicht „Der erste Januar 1924" hatte er von sich als dem „normalen Fahrgast" gesprochen. Im Moskau-Zyklus ist das Thema entfaltet:

Ich bin ein Mensch der Konsum-Konfektion,
Seht, wie der Sakko sich an mir verbeult,
Wie ich zu schreiten weiß, und wie zu reden!
Versucht nur, reißt mich los von dieser Zeit,
Ich garantier, ihr brecht euch nur den Hals.

Der Dichter – ein Mensch in Moskwoschwej-Sakko, einer von allen, der „für alle" sprechen kann.

ANNA ACHMATOWA: OSSIP MANDELSTAM

1

... 28. Juli 1957

... Und mit Losinkis Tod riß irgendwie der Faden der Erinnerungen. Ich wage es nicht, mich gewisser Dinge zu erinnern, die er nicht mehr bestätigen kann (der Dichterzeche, des Akmeismus, der Zeitschrift „Hyperboräus" und so weiter). Seiner Krankheit wegen sahen wir uns die letzten Jahre selten, und es gelang mir nicht, einiges sehr Wichtige mit ihm zu Ende zu bringen und ihm meine Gedichte der dreißiger Jahre vorzulesen (das heißt das „Requiem"). Daher hielt er mich wohl immer noch für die, die er damals in Zarskoje gekannt hatte. Das wurde mir klar, als wir beide die Korrekturfahnen meiner Sammlung „Aus sechs Büchern" lasen.
. . . .
Mit Mandelstam (der natürlich alle meine Gedichte kannte) passierte mir das auch, aber anders. Er war außerstande sich zu erinnern, genauer gesagt, das war bei ihm ein anderer Prozeß, für den ich im Augenblick keinen Namen weiß, der aber zweifellos der Dichtung nahekommt (Beispiel – Petersburg in „Rauschen der Zeit", gesehen mit den leuchtenden Augen eines fünfjährigen Knaben).
Mandelstam war einer der glänzendsten Gesprächspartner: er hörte nicht sich selber zu, antwortete nicht sich selber, wie das heute fast alle tun. Im Gespräch war er aufmerksam, schlagfertig und von unerschöpflicher Fülle des Einfalls. Ich habe nie erlebt, daß er sich wiederholte oder eine alte

Platte auflegte. Sprachen lernte Ossip Emiljewitsch ungewöhnlich leicht. Die „Göttliche Komödie" rezitierte er seitenlang italienisch aus dem Kopf. Kurz vor seinem Tod bat er Nadja, ihm Englisch beizubringen, von dem er keine Ahnung hatte. Über Gedichte sprach er betörend, heftig und manchmal ungeheuer ungerecht, zum Beispiel, was Blok betraf. Von Pasternak sagte er: „Ich habe soviel über ihn nachgedacht, daß ich ganz erschöpft bin." Und: „Ich bin sicher, daß er keine Zeile von mir gelesen hat."* Von Marina: „Ich bin Antizwetajewajaner."

In der Musik war O. zu Hause, das ist eine sehr seltene Eigenschaft. Mehr als alles auf der Welt fürchtete er seine eigene Stummheit, die er Atemnot nannte. Wenn sie ihn ereilte, packte ihn panischer Schrecken und er erfand irgendwelche absurden Gründe, um sich dieses Unheil zu erklären. Sein anderer häufiger Kummer waren die Leser. Er glaubte immer, daß ihn die falschen liebten. Die Gedichte von anderen kannte er gut und hatte sie im Kopf, oft verliebte er sich in einzelne Verse; was man ihm vorlas, behielt er leicht. (...) Gern sprach er von etwas, das er seine „Götzenverehrung" nannte. Manchmal, wenn er mich aufheitern wollte, erzählte er liebenswürdige Bagatellen. (...) Dann alberten wir so lange herum, daß wir auf das aus allen Federn seufzende Sofa auf der „Tutschka" sanken und lachten, bis wir ohnmächtig wurden – wie die Mädchen in Joyces „Ulysses".

Ich lernte Ossip Mandelstam im Frühjahr 1911 in Wjatscheslaw Iwanows Turm kennen. Er war damals ein hagerer Jüngling mit einem Veilchen im Knopfloch, hoch zurückgeworfenem Kopf und Wimpern über die halbe Wange. Zum zweitenmal sah ich ihn bei den Tolstois auf dem Staronewski, er erkannte mich nicht, und als Alexej Nikolajewitsch ihn auszufragen begann, was Gumiljow für eine Frau habe, machte er mit den Händen vor, was ich für einen großen Hut trüge. Ich erschrak, und damit nichts passierte, was nicht wieder gutzumachen gewesen wäre, stellte ich mich vor.

Das war mein erster „Mandelstam", der Verfasser des grü-

* Die Zukunft würde zeigen, daß er recht hatte. Siehe „Autobiographie".

nen „Steins" (Verlag „Akme"), den er mir mit dieser Widmung geschenkt hatte: „Für Anna Achmatowa Ausbrüche von Besinnung in der Besinnungslosigkeit der Tage. In Ergebenheit – der Verfasser."

Mit seiner wunderbaren Selbstironie erzählte Ossip wiederholt, wie der Besitzer der Druckerei, ein alter Jude, der den „Stein" druckte, ihn zum Erscheinen des Buches beglückwünschte, ihm die Hand drückte und sagte: „Sie werden immer besser und besser schreiben, junger Mann."

Ich sehe ihn wie durch einen leichten Rauchschleier auf der Wassiljew-Insel im Restaurant Kinschi (Ecke Zweite Linie und Großer Prospekt; jetzt ein Friseurladen), wo der Legende nach Lomonossow seine Staatsuhr vertrank und wohin wir (Gumiljow und ich) gelegentlich von der „Tutschka" frühstücken gingen. Übrigens hat es auf der „Tutschka" keine Zusammenkünfte gegeben, das ging gar nicht. Das war ein Studentenzimmer, wo man sich nirgends hinsetzen konnte. Die Beschreibung des five o'clock auf der „Tutschka" (Georgi Iwanow – Dichter) ist von A bis Z erfunden. Iwanow hat die Schwelle der „Tutschka" nie betreten. Dieser Mandelstam war unermüdlich in seiner Mitarbeit, wenn nicht gar Mitautorschaft an der „Anthologie der antiken Dummheit", die die Mitglieder der Dichterzeche (fast alle, außer mir) beim Abendessen zusammentrugen.

(„Lesbia, wo warst du eben …", „Geizig war Leonids Sohn …".

>   Wanderer, woher des Wegs? Ich war zu Gast bei
>   Schilejko.
>   Wunderbar lebt dieser Mensch, eine Gans
>   verzehrt er zu Mittag,
>   Drückt mit der Hand auf den Knopf, an von
>   allein geht das Licht.
>   Wenn solche Menschen schon auf der Vierten
>   Roshdestwenskaja leben,
>   Wanderer, wer, sag, lebt dann auf der Achten?)

(Siehe „Luftwege", Nummer 3, S. 24–25. A. A.). Ich erinnere mich, das ist von Ossip. Senkewitsch meint es auch. Ein Epigramm auf Ossip:

>   Links auf der Schulter die Asche und – schweig.
>   Schrecken der Freunde – Goldzahn.

(Oder: „Schrecken der Meere – Einzahn.")
Das hat vielleicht sogar Gumiljow gemacht. Wenn Ossip rauchte, glaubte er, er schüttle die Asche über die Schulter ab, aber gewöhnlich sammelte sich das Aschehäufchen auf der Schulter. (…)
Vor kurzem fand man Ossip Emiljewitschs Briefe an Wjatscheslaw Iwanow (1909). Es sind die Briefe eines Besuchers der Proakademie (im Turm). Mandelstam als Symbolist. Von dem, was Wjatscheslaw Iwanow ihm antwortete, fehlt bislang jede Spur. Ein Jüngling von 18 Jahren hat sie geschrieben, aber man könnte schwören, der Verfasser der Briefe sei vierzig. Eine Menge Gedichte darin. Gute Gedichte, aber nichts von dem, was wir Mandelstam nennen.
Die Erinnerungen der Schwester von Adelaida Gerzyk bestätigen, daß Wjatscheslaw Iwanow niemanden von uns anerkannte. 1911 hegte Mandelstam nicht mehr das geringste an Pietät für Wjatscheslaw Iwanow. Die Zeche boykottierte die „Versakademie". (…)
In den Jahren nach 1910 begegneten wir uns natürlich allenthalben: in den Redaktionen, bei Bekannten, an den Freitagen im „Hyperboräer", das heißt bei Losinski, im „Streunenden Hund", wo er mir übrigens Majakowski vorstellte, wovon Chardshiew in den 30er Jahren sehr lustig erzählte. Einmal im Hund, als alle Abendbrot aßen und mit dem Geschirr klapperten, kam Majakowski auf die Idee, seine Gedichte vorzutragen. Ossip Emiljewitsch ging zu ihm hin und sagte: „Majakowski, hören Sie auf mit Ihren Gedichten. Sie sind doch kein Zigeunerorchester." Ich war dabei (1912–1913). Dem scharfsinnigen Majakowski verschlug es die Sprache, amüsiert erzählte er es später Chardshiew. In der „Akademie des Verses" (Gesellschaft der Förderer des Künstlerischen Wortes, wo Wjatscheslaw Iwanow herrschte) und auf den der Akademie feindlich gesonnenen Zusammenkünften der Dichterzeche, wo Mandelstam bald die erste Geige spielte. Damals schrieb er das geheimnisvolle (nicht sehr gelungene) Gedicht vom „Schwarzen Engel auf dem Schnee". Nadja besteht darauf, daß es sich auf mich bezieht.
Die Sache mit diesem Schwarzen Engel ist, glaube ich, ziemlich kompliziert. Für den Mandelstam von damals ist

das Gedicht schwach und unverständlich. Es ist wohl auch nie gedruckt worden. Offenbar ist es das Ergebnis von Unterhaltungen mit W. K. Schilejko, der damals etwas Ähnliches von mir sagte. Aber Ossip „konnte noch nicht" (seine Worte) Gedichte „an eine Frau und über die Frau" schreiben. Der „Schwarze Engel" ist wahrscheinlich der erste Versuch, daher seine Nähe zu meinen Versen: „Schwarzer Engel spitze Flügel ..." (...)

Mandelstam hat mir dieses Gedicht nie anvertraut. Bekannt ist, daß die Gespräche mit Schilejko ihn zu dem Gedicht „Der Ägypter" inspirierten.

Gumiljow hat Mandelstam früh gut gefunden. Sie hatten sich in Paris kennengelernt. Siehe den Schluß des Gedichts von Ossip über Gumiljow. Dort heißt es, Nikolai Stepanowitsch sei gepudert gewesen und habe einen Zylinder aufgehabt:

> Der Akmeist in Petersburg ist mir lieber
> Als in Paris der romantische Pierrot.

Die Symbolisten haben ihn nie akzeptiert.

Ossip Emiljewitsch pflegte mich in Zarskoje zu besuchen. Wenn er sich verliebte, was ziemlich häufig vorkam, war ich mehrere Male seine Vertraute. Die erste in meiner Zeit war Anna Michailowna Selmanowa-Tschudowskaja, eine schöne Malerin. Sie malte ihn vor blauem Hintergrund mit zurückgeworfenem Kopf (1914, Alexejew-Straße). Für Anna Michailowna schrieb er keine Gedichte, worüber er selber bitter klagte – Liebesgedichte konnte er noch nicht. Die zweite war die Zwetajewa, für die er die Krim- und die Moskauer-Gedichte schrieb, die dritte war Salomeja Andronnikowa Andrejewa, jetzt Halpern, die Mandelstam in seinem Buch „Tristia" verewigte – „Solominka". „Wenn du, Solominka, nicht schläfst in deinem Zimmer ..." Dort auch der Vers: „Was weiß diese Frau von der Todesstunde ...". Vergleiche bei mir: „Erwart ich nicht die Todesstunde..." Ich erinnere mich an das herrliche Schlafzimmer von Salomeja auf der Wassiljew-Insel.

Nach Warschau fuhr Ossip Emiljewitsch wirklich, er war überwältigt von dem Getto (daran erinnert sich auch M. A. S.), aber von einem Selbstmordversuch, wie Georgi Iwanow schreibt, hat selbst Nadja nie etwas gehört, genausowenig wie von dem Töchterchen Lipotschka, das sie angeblich zur Welt gebracht hätte.

Am Anfang der Revolution (1920), als ich in völliger Einsamkeit lebte und mich nicht einmal mit ihm traf, war er eine Zeit verliebt in Olga Arbenina, eine Schauspielerin des Alexandra-Theaters, die spätere Frau von Juri Jurkun, einige Gedichte sind für sie geschrieben („Daß ich deine Hände" und so weiter). Die Manuskripte seien angeblich während der Blockade verlorengegangen, aber ich sah sie kürzlich bei Ch.

Wunderbare Verse schrieb er für Olga Wachsel und ihren Schatten „im kalten Stockholmer Grab". An sie auch: „Willst du, ich zieh dir die Filzstiefel aus."

Alle diese vorrevolutionären Damen (ich fürchte übrigens auch mich) nannte er viele Jahre später die „empfindsamen Europäerinnen".

1933 zu 1934 war Ossip Emiljewitsch leidenschaftlich, kurz und vergeblich verliebt in Maria Sergejewna Petrowych. Ihr gewidmet, richtiger für sie geschrieben, ist das Gedicht „Die Türkin" (Überschrift von mir), ein Liebesgedicht, das ich für das beste Liebesgedicht des 20. Jahrhunderts halte. Maria Sergejewna sagt, es habe noch ein ganz zauberisches Gedicht von der Farbe Weiß gegeben. Das Manuskript ist offenbar verlorengegangen. Einige Zeilen weiß Maria Sergejewna noch auswendig.

Ich hoffe, es muß nicht besonders betont werden, daß dieses Don-Juan-Verzeichnis nicht eine Liste von Frauen darstellt, denen Mandelstam nahe gewesen ist.

Die Dame, die über „die Schulter sah" – ist Bjaka (Vera Arturowna), damals Sergej Sudejkins Gefährtin, jetzt Igor Strawinskis Frau.

In Woronesh war Ossip mit Natascha Stempel befreundet.

Die Legende von seiner Leidenschaft für Anna Radlowa entbehrt jeder Grundlage. (...)

Die Jahre nach 1910 waren für Mandelstams Weg als Dichter sehr wichtig, darüber wird noch viel nachgedacht und geschrieben werden (Villon, Tschaadajew, der Katholizismus). Zum Kontakt mit der Gruppe „Hylea" siehe die Erinnerungen von Senkewitsch.

Mandelstam besuchte die Zusammenkünfte der Zeche

ziemlich eifrig, aber im Winter 1913 zu 1914 (nach der Zerschlagung des Akmeismus) war uns die Zeche lästig, und wir übergaben Gorodezki sogar eine von Ossip und mir verfaßte Petition, die Zeche zu schließen. Sergej Gorodezki verfügte „Alle aufhängen, Achmatowa einsperren – (Malaja-Straße 63)". Das war in der Redaktion der „Sewernyje sapiski".

Als Erinnerung an Ossips Petersburger Aufenthalt 1920 sind außer den überwältigenden Versen für Olga Arbenina noch die sprechenden Anschläge dieser Zeit übriggeblieben, ausgebleicht wie die napoleonischen Fahnen – Ankündigungen von Dichterabenden, auf denen Mandelstam neben Gumiljow und Blok figuriert.

Alle alten Petersburger Ladenschilder waren noch an Ort und Stelle, aber dahinter – nichts als Staub, Finsternis und gähnende Leere. Typhus, Hunger, Erschießungen, dunkle Wohnungen, nasses Holz und bis zur Unkenntlichkeit gedunsene Menschen. Am Gostiny Dwor konnte man einen großen Strauß Feldblumen pflücken. Das berühmte Petersburger Holzpflaster faulte vor sich hin. Aus den Kellerfenstern von „Kraft" roch es noch nach Schokolade. Alle Friedhöfe waren zerstört. Die Stadt war nicht einfach verändert, sie hatte sich entschieden in ihr Gegenteil verwandelt. Aber Gedichte liebte man (vor allem die Jugend) beinahe ebenso wie jetzt (das heißt 1964).

In Zarskoje, damals „Detskoje ‚Genosse Urizki'", hielt fast jeder seine Ziege; die Ziegen hießen seltsamerweise alle Tamara. (…)

Dichterzeche 1911–1914. Gumiljow, Gorodezki – die Syndizi; Dmitri Kusmin-Karawajew – Anwalt; Anna Achmatowa – Sekretärin; Ossip Mandelstam, Wladimir Narbut, M. Senkewitsch, N. Bruni, Georgi Iwanow, Georgi Adamowitsch, W. W. Hippius, M. Morawskaja, Jelena Kusmina-Karawajewa, Tschernjawski, M. Losinski. Die erste Zusammenkunft bei Gorodezkis auf der Fontanka; Blok war da, Franzosen …! Die zweite bei Lisa auf dem Manegeplatz, dann bei uns in Zarskoje (Malaja 63), bei Losinski auf der Wassiljew-Insel, bei Bruni in der Akademie der Künste. Der Akmeismus wurde bei uns in Zarskoje Selo (Malaja 63) beschlossen.

Mandelstam begegnete der Revolution als reifer und, wenn auch in einem kleinen Kreis, bekannter Dichter. ˙

Seine Seele war erfüllt von dem, was ringsumher geschah. Als einer der ersten schrieb er Gedichte über politische Themen. Die Revolution war für ihn ein gewaltiges Ereignis, und das Wort *Volk* erscheint nicht von ungefähr in seinen Versen.

Besonders häufig sah ich Mandelstam 1917 und 1918, als ich auf der Wyborger Seite bei Sresnewskis wohnte (Botkinskaja 9) – nicht in der Irrenanstalt, sondern in der Wohnung des Oberarztes Wjatscheslaw Sresnewski, des Mannes meiner Freundin Valeria Sergejewna.

Mandelstam holte mich mehrfach ab, und wir fuhren mit der Droschke durch die unglaublichen Schlaglöcher des Revolutionswinters, vorbei an den berühmten Feuern, die fast bis in den Mai hinein brannten, und hörten von wer weiß woher das Krachen der Gewehrsalven. So besuchten wir auch die Ausstellungen in der Akademie der Künste, wo es Abende zugunsten der Verwundeten gab und wir beide einige Male lasen. Ossip Emiljewitsch war mit mir auch im Konservatorium zum Schubert-Konzert der Butomo-Neswanowa (siehe „Man sang uns Schubert ..."). Aus dieser Zeit stammen alle an mich gerichteten Gedichte. (…)

Flüchtig sah ich Mandelstam dann 1918 in Moskau. 1920 besuchte er mich ein- oder zweimal auf der Sergijewskaja (in Petersburg), wo ich in der Bibliothek des Instituts für Agronomie arbeitete und da auch wohnte (Villa des Fürsten Wolkonski. Dort hatte ich eine „Dienst"-Wohnung). Damals erfuhr ich von ihm, daß er auf der Krim von den Weißen verhaftet worden war und in Tiflis von den Menschewiken. 1920 kam O. M. zu mir in die Sergijewskajá 7, um mir zu sagen, daß N. W. Nedobrowo im Dezember 1919 in Jalta gestorben sei. Er hatte von diesem Unglück in Koktebel bei Woloschin gehört. Und nie hat jemand Einzelheiten darüber mitteilen können. So war das damals!

Im Sommer 1924 stellte mir Ossip Mandelstam (auf der Fontanka 2) seine junge Frau vor. Nadjuscha war, was die Franzosen laide mais charmante nennen. An diesem Tag begann meine Freundschaft mit Nadjuscha, die bis heute dauert.

Ossip liebte Nadja in einer Weise, die unglaublich, unvorstellbar war. Als man ihr in Kiew den Blinddarm herausschnitt, verließ er das Krankenhaus keinen Augenblick und hauste in einem Kabuff beim Pförtner. Nicht einen Schritt ließ er Nadja von sich, erlaubte nicht, daß sie arbeitete, war rasend vor Eifersucht und beriet sich mit ihr über jedes Wort in seinen Gedichten. So etwas ist mir in meinem ganzen Leben nicht wieder begegnet. Mandelstams Briefe an seine Frau bestätigen meinen Eindruck vollkommen.

1925 wohnte ich mit den Mandelstams in Zarskoje Selo in der Pension Saizew auf einem Flur. Nadja und ich lagen beide schwer krank zu Bett, maßen unsere Temperatur, die unverändert hoch blieb, und sind wohl kein einziges Mal in den nahen Park spazierengegangen. Ossip Emiljewitsch fuhr jeden Tag nach Leningrad, suchte sich Arbeit zu verschaffen und Geld aufzutreiben. Dort vertraute er mir auch sein Gedicht für Olga Wachsel an, ich behielt es und schrieb es insgeheim auf („Willst du, ich zieh dir die Filzstiefel aus"). Dort diktierte er P. N. Luknizki seine Erinnerungen an Gumiljow.

Einen Winter lebten Mandelstams (Nadjas Gesundheit wegen) in Zarskoje Selo, im Lyzeum. Ich besuchte sie öfters – zum Skifahren. Eigentlich wollten sie im Halbrund des Großen Palais' wohnen, aber dort rauchten die Öfen, und die Dächer waren nicht dicht. Daher stammt bei Mandelstam das Lyzeum. Ossip wohnte nicht gern dort. Er haßte die Süßlinge von Zarskoje Selo, Hollerbach und Roshdestwenski, und war wütend auf die Spekulation mit Puschkin. Zu Puschkin hatte Mandelstam ein einzigartiges, ein beinahe furchtgebietendes Verhältnis – ich sehe darin so etwas wie die Krone einer übermenschlichen Keuschheit. Puschkinismus war ihm zuwider. Von dem Gedicht „Noch gestern die Sonne – auf schwarzer Bahre …" wußten weder ich noch Nadja, und wir fanden es erst jetzt in den Manuskripten (fünfziger Jahre).

Mein „Letztes Märchen", den Aufsatz über den „Goldenen Hahn", nahm er sich selber von meinem Tisch, las ihn und sagte: „Geradezu eine Schachpartie."

Die Sonne Alexanders schien
Vor hundert Jahren schien sie allen.

(Dezemer 1917)

Auch Puschkin, natürlich. (So gibt er meine Worte wieder.)

Ich war dann im Sommer bei Mandelstams im Chinesischen Dorf, wo sie mit Liwschizens lebten. In den Zimmern nicht ein Möbelstück und starrende Löcher in den durchgefaulten Dielen. Ossip interessierte es überhaupt nicht, daß da früher einmal Shukowski und Karamsin gelebt hatten. Ich bin sicher, daß er, wenn er mich einlud, gemeinsam Zigaretten oder Zucker zu kaufen, absichtlich betonte: „Gehen wir in den europäischen Teil der Stadt", als sei das hier Bachtschissaraj oder etwas ähnlich Exotisches. Demonstrativ verweigert die Ehrerbietung auch in dem Vers – „Dort lächeln die Ulanen". In Zarskoje ist nie ein Ulan gewesen – Husaren waren da, Kürassiere und der Konvoi.

1928 waren Mandelstams auf der Krim. Dies ein Brief vom 25. August (dem Todestag Nikolai Stepanowitschs).

Liebe Anna Andrejewna,

Wir und P. N. Luknizki schreiben Ihnen aus Jalta, wo wir alle drei ein hartes Arbeitsleben führen.

Ich möchte nach Hause, ich möchte Sie sehen. Sie sollen wissen, es sind nur zwei Menschen, mit denen ich in Gedanken ein Gespräch führen kann: Nikolai Stepanowitsch und Sie. Das Gespräch mit Kolja hat nicht aufgehört und wird nie aufhören.

Nach Petersburg kommen wir ganz kurz im Oktober. Im Winter darf Nadja dort nicht leben. P. N. haben wir aus egoistischen Gründen überredet, in Jalta zu bleiben. Schreiben Sie.

Ihr O. Mandelstam

Der Süden und das Meer waren ihm genauso unentbehrlich wie Nadja.

> Nur einen Zentimeter blaues Meer
> Ein Nadelöhrchen reicht.

Versuche, sich in Leningrad niederzulassen, schlugen fehl. Nadja verabscheute alles, was mit dieser Stadt verbunden war, sie zog es nach Moskau, wo ihr geliebter Bruder Jewgeni Jakowlewitsch Chasin lebte. Ossip glaubte, in Moskau gebe es Leute, die ihn kennen und schätzen, das Gegenteil war der Fall. Ein frappierendes Detail seiner Biographie: in eben diesem Jahr (1933) wurde Ossip Emiljewitsch in Leningrad als großer Dichter, als persona grata und so weiter empfangen. Das ganze literarische Leningrad erwies ihm seine Referenz (Tynjanow, Eichenbaum, Gukowski, der die Mandelstams auch in Moskau besuchte), und seine Besuche und Abende wurden zu einem Ereignis, das alle lange beschäftigte und an das sich viele noch heute (1962) erinnern; unter den Leningrader Literaturwissenschaftlern haben Lidija Jakowlewna Ginsburg und Boris Jakowlewitsch Buchstab, profunde Kenner seiner Poesie, Mandelstam immer die Treue gehalten. Nicht zu vergessen Cäsar Wolpe, der ungeachtet des Verbots durch die Zensur in „Swesda" den Schluß der „Reise nach Armenien" (Nachahmung des Altarmenischen) druckte.

Von den Zeitgenossen schätzte Mandelstam besonders Babel und Soschtschenko. Soschtschenko wußte das und war sehr stolz darauf. Am meisten haßte Mandelstam Leonow.

Als jemand erzählte, N. Tschukowski habe einen Roman geschrieben, nahm Ossip das sehr skeptisch auf. Für einen Roman, sagte er, brauche man wenigstens Dostojewskis Zwangsarbeit oder die Desjatinen Tolstois. In Moskau wollte niemand etwas von Mandelstam wissen, und außer zwei, drei jungen Naturwissenschaftlern hatte Ossip Emiljewitsch keine Freunde. (Die Bekanntschaft mit Bely stammte aus Koktebel.) Pasternak wußte nicht so recht, wich ihm aus, liebte nur die Georgier und ihre „schönen Frauen". Die Verbandsleitung verhielt sich mißtrauisch und reserviert.

Im Herbst 1933 bekam Mandelstam endlich die (von ihm besungene) Wohnung (zwei Zimmer im fünften Stock, kein Fahrstuhl, noch ohne Gaskocher und Bad) in der Naschtschokingasse („Die Wohnung still – ein Blatt Papier"), und das Nomadenleben schien zu Ende. Ossip schaffte sich Bücher an, hauptsächlich alte Ausgaben der Italiener (Dante, Petrarca). In Wahrheit war nichts zu Ende: pausenlos mußte man irgendwo anrufen, auf etwas warten, hoffen. Daraus geworden ist nie etwas. Ossip Emiljewitsch war gegen Versübersetzungen. Auf der Naschtschokinski habe ich ihn zu Pasternak sagen hören: „Ihre Gesammelten Werke werden aus zwölf Bänden Übersetzungen und einem Band eigener Gedichte bestehen." Mandelstam wußte, daß in Übersetzungen die dichterische Energie abfließt, und es war beinahe unmöglich, ihn zum Übersetzen zu bewegen. In seiner Umgebung gab es viele, ziemlich viele üble und meist überflüssige Leute. Obwohl die Zeit verhältnismäßig vegetarisch war, lag über diesem Haus der Schatten des Unglücks und des Untergangs. Wir gingen die Pretschistenka entlang (Februar 1934), worüber wir sprachen, habe ich vergessen. Wir bogen in den Gogol-Boulevard ein, und Ossip sagte: „Ich bin zum Sterben bereit." Jedesmal denke ich an diesen Augenblick, wenn ich dort vorüberkomme – achtundzwanzig Jahre lang.

Ich hatte Ossip und Nadja lange nicht gesehen. 1933 kamen die Mandelstams auf irgendeine Einladung nach Leningrad. Sie wohnten im Hotel „Europa". Ossip las an zwei Abenden. Er hatte eben Italienisch gelernt, war von Dante besessen und wußte ihn seitenlang auswendig. Wir sprachen vom Purgatorio. Ich erinnerte an die Verse aus dem XXX. Gesang (Beatrice erscheint):

> Sopra candido vel cinta d'uliva
> Donna m'apparve sotto verde manto
> Vestita di color di fiamma viva.
> E lo spirito mio che gia cotando
> Tempo era floto che alia sua prefenza
> Non era di stupor, tramando affracto

Ossip kamen die Tränen. Ich erschrak. „Um Gottes willen?" – „Nein, nichts weiter, nur – diese Worte und Ihre Stimme." Es kommt mir nicht zu, daran zu erinnern. Wenn Nadja möchte, wird sie es tun.

Ossip trug mir auch Teile aus Kljujews „Die Kunstverächter" vor – das Gedicht war die Ursache für den Tod des unglücklichen Nikolai Alexejewitsch. Mit eigenen Augen habe ich bei Warwara Klytschkowa eine Erklärung Kljujews, ein Gnadengesuch aus dem Lager gesehen: „Verurteilt für mein Gedicht ‚Die Kunstverächter' und für die wahnwitzigen Verse meiner Manuskripte …" Ich nahm dar aus zwei Verse als Motto für die „Kehrseite", und als ich etwas Abfälliges über Jessenin sagte, widersprach mir Ossip, man könne Jessenin alles verzeihen für diese eine Zeile: „Nie erschoß ich Menschen in den dunklen Kerkern."

Wovon sie leben sollten, war unerfindlich: halbe Übersetzungen, halbe Rezensionen, halbe Versprechen. Trotz des Zensurverbots gelang es Ossip, in „Swesda" den Schluß der „Reise nach Armenien" (Nachahmung des Altarmenischen) unterzubringen. Die Pension reichte gerade für die Wohnungsmiete und die Lebensmittelzuteilung. Zu diesem Zeitpunkt hatte Mandelstam sich äußerlich sehr verändert: er war dick geworden, grau, sein Atem ging schwer – er machte den Eindruck eines alten Mannes (mit 42 Jahren), aber seine Augen waren hell und klar wie immer. Die Gedichte wurden noch besser, die Prosa auch.

Diese Prosa, nicht vernommen, vergessen – jetzt erst erreicht sie ihren Leser. Dafür höre ich ständig, hauptsächlich von jungen Leuten, die ganz von Sinnen sind, daß es im 20. Jahrhundert keine vergleichbare Prosa gibt. Es ist die sogenannte „Vierte Prosa".

Eines unserer damaligen Gespräche über Poesie habe ich mir gut gemerkt. Ossip Emiljewitsch, der sehr darunter litt, was jetzt Personenkult heißt, sagte zu mir: „Gedichte müssen jetzt politisch sein" und trug mir das Stalin-Gedicht vor. Damals entstand auch seine Theorie der „Wortbekanntschaften". Viel später bestand er darauf, daß Gedichte nur als Ergebnis schwerer Erschütterungen entstehen, freudiger wie tragischer. Über sein Gedicht, in dem er Stalin lobt, „Ich möchte nun nicht Stalin sagen – Dshugaschwili" (1935?), bemerkte er: „Ich weiß, das war die Krankheit." Als ich Ossip mein Gedicht „Sie holten dich ab in der Frühe" (1935) sprach, sagte er: „Ich danke Ihnen." Diese Verse im „Requiem" beziehen sich auf die Verhaftung von N. N. Punin im Jahre 1935.

Auf sich bezog Mandelstam (zu Recht) noch den letzten Vers in dem Gedicht „Ein wenig Geographie":

> Als der erste Dichter besungen
> Von uns Sündern und von dir.

Am 13. Mai 1934 wurde er verhaftet. An diesem Tag war ich nach einem Hagel von Telegrammen und Anrufen zu

Mandelstams gefahren, hatte Leningrad verlassen, wo kurz zuvor der Zusammenstoß mit Tolstoi stattfand. Wir waren alle so arm, daß ich, um die Rückfahrkarte kaufen zu können, meine Ordensurkunde der Affenkammer, die letzte, die Remisow in Rußland verliehen hatte (mich aber erst nach Remisows Flucht 1921 erreichte) und eine Statuette von Danko (mein Porträt, 1924) zum Verkauf mitnahm. (S. Tolstaja erwarb sie für das Museum des Schriftstellerverbands.)

Der Haftbefehl war von Jagoda persönlich unterschrieben. Die Haussuchung dauerte die ganze Nacht. Man suchte Gedichte, trat auf die aus den Koffern geworfenen Manuskripte. Wir saßen alle in einem Zimmer. Es war sehr still. Hinter der Wand, bei Kirsanow, spielte eine Hawaii-Gitarre. Der Untersuchungsrichter fand in meiner Gegenwart den „Wolf" und zeigte ihn Ossip Emiljewitsch. Er nickte stumm. Als er sich verabschiedete, küßte er mich. Morgens um sieben wurde er abgeführt. Es war schon ganz hell. Nadja ging zu ihrem Bruder, ich zu den Tschulkows auf den Smolenski-Boulevard 8. Wir verabredeten ein Treffen. Gemeinsam zurückgekehrt, räumten wir die Wohnung auf und frühstückten. Wieder Klopfen, wieder sie, wieder Haussuchung. Jewgeni Jakowlewitsch Chasin sagte: „Wenn sie noch einmal kommen, holen sie auch Sie und mich." Pasternak, den ich am gleichen Tag aufsuchte, ging zur „Iswestija", zu Bucharin, um sich für Mandelstam einzusetzen, ich ging in den Kreml zu Jenukidse. In den Kreml zu gelangen, grenzte an ein Wunder. Arrangiert hatte das der Schauspieler Ruslanow (vom Wachtangow-Theater), über Jenukidses Sekretär. Jenukidse war ziemlich entgegenkommend, fragte aber gleich: „Vielleicht irgendwelche Gedichte?" Das hat die Entscheidung beschleunigt und ganz offensichtlich gemildert. Das Urteil – drei Jahre Tscherdyn, wo Ossip sich aus dem Krankenhausfenster stürzte, weil er glaubte, sie kommen ihn holen (siehe „Stanzen", vierte Strophe), und sich den Arm brach. Nadja schickte ein Telegramm an das ZK. Stalin befahl, das Verfahren zu prüfen, und erlaubte die Wahl eines anderen Ortes, danach rief er Pasternak an. Alles, was diesen Anruf betrifft, muß gesondert behandelt werden. Beide Witwen haben ihn beschrieben, und es existiert eine unübersehbare Folklore. Eine gewisse Trioleschka hat sich sogar erkühnt zu schreiben (in den Tagen natürlich, als es um Pasternak hoch her ging), Boris habe Ossip auf dem Gewissen. Nadja und ich meinen, daß Pasternaks Verhalten eine gute Zwei verdient. Der Rest ist gut bekannt. Gemeinsam mit Pasternak war ich auch bei der Ussiewitsch, wo wir die Verbandsgrößen antrafen und viele von der damaligen marxistischen Jugend. Ich war bei Pilnjak, wo ich Baltruschaitis, Spet und Sergej Prokofjew sah. Von den Männern hat nur Perez Markisch Nadja besucht.

Zur selben Zeit sagte der ehemalige Syndikus der Dichterzeche, der ehemalige Sergej Gorodezki, bei einem seiner Auftritte folgenden unsterblichen Satz: „Das sind Zeilen jener Achmatowa, die zur Konterrevolution übergelaufen ist." So daß sogar die „Literaturnaja gaseta" in ihrem Bericht über die Versammlung den authentischen Wortlaut abschwächen mußte (vgl. Lit. gas. 1934, Mai).

Bucharin schloß seinen Brief an Stalin mit dem Satz: „Auch Pasternak ist beunruhigt." Stalin teilte mit, daß Weisungen erfolgt seien und daß mit Mandelstam alles in Ordnung gehe. Er fragte Pasternak, warum er sich nicht für ihn eingesetzt habe. „Wenn mein Freund, ein Dichter, ins Unglück geraten wäre, ich hätte alle Hebel in Bewegung gesetzt, um ihn zu retten." Pasternak antwortete, wenn er sich nicht eingesetzt hätte, wäre das Ganze Stalin gar nicht zu Ohren gekommen. „Warum haben Sie sich nicht an mich gewandt oder an die Schriftstellerorganisationen?" – „Damit befassen sich die Schriftstellerorganisationen schon seit 1927 nicht mehr." – „Aber er ist doch Ihr Freund?" Pasternak zögerte, und Stalin fragte nach kurzer Pause weiter. „Er ist doch ein Meister, ein Meister?" Pasternak antwortete: „Das ist nicht von Bedeutung." Boris Leonidowitsch dachte, Stalin wolle prüfen, ob er das Gedicht kenne, und erklärte damit seine ausweichenden Antworten.

„Warum sprechen wir dauernd über Mandelstam, über Mandelstam, ich wollte schon immer mit Ihnen reden." – „Worüber?" – „Über Leben und Tod." Stalin hängte auf.

Über noch frappierendere Kenntnisse zu Mandelstam verfügt X. in seinem Pasternak-Buch: dort ist der Hergang und die Geschichte von Stalins Anruf ganz ungeheuerlich beschrieben. Riecht nach den Erzählungen von Sinaida Nikolajewna Pasternak, die Mandelstams fanatisch haßte und der Meinung war, daß die ihren „loyalen Mann" kompromittieren. Nadja ist kein einziges Mal zu Boris Leonidowitsch gegangen und hat ihn nie um etwas gebeten, wie Robert Payne schreibt. Das kommt von Sina, die den berühmten unsterblichen Satz gesagt hat: „Am meisten lieben meine Jungen (die Söhne) Stalin, danach ihre Mama."

Frauen kamen viele. Ich erinnere mich, daß sie schön waren und schick in ihren neuen Frühlingskleidern: Sima Narbut, noch nicht vom Leid gezeichnet; die schöne Gefangene, die Türkin (wie wir sie nannten) – Senkewitschs Frau; Nina Olschewskaja mit strahlenden Augen, schlank und ungewöhnlich ruhig. Nadja und ich saßen da in unseren zerknautschten Strickjacken, gelb und steif wie Ast. Emma Gerstein war bei uns und Nadjas Bruder.

Am fünfzehnten Tag in der Frühe ein Anruf für Nadja, wenn sie ihren Mann begleiten wolle, habe sie abends auf den Kasaner Bahnhof zu kommen. Die Entscheidung war gefallen. Nina Olschewskaja und ich gingen Geld für die Reise sammeln. Man gab viel. Jelena Sergejewna Bulgakowa weinte und steckte mir den gesamten Inhalt ihrer Handtasche zu.

Auf den Bahnhof fuhren nur Nadja und ich. In der Lubjanka holten wir die Dokumente. Es war ein heller und klarer Tag. Aus jedem Fenster blickte uns der Schabenschnurrbart des „Schuldigen der Feier" an. Ossip kam lange nicht. Er war in so einer Verfassung, daß selbst sie ihn nicht in einen Gefängniswagen setzen wollten. Mein Zug ging vom Leningrader Bahnhof, und ich konnte nicht länger warten. Die Brüder, also Jewgeni Jakowlewitsch Chasin und Alexander Emiljewitsch Mandelstam brachten mich zum Zug, kehrten auf den Kasaner Bahnhof zurück, und erst dann brachten sie Ossip, mit dem keiner mehr sprechen durfte. Sehr schlecht, daß ich nicht hatte warten können und er mich nicht mehr sah, denn daher kam es, daß er mich in Tscherdyn für tot hielt. (Sie fuhren, bewacht von den Puschkin lesenden „ganz tollen Jungs aus den eisernen Toren der GPU".)

In diesen Tagen wurde der erste Schriftstellerkongreß vorbereitet (1934), und ich erhielt auch einen Fragebogen. Ossips Verhaftung hatte mich so mitgenommen, daß sich meine Hand nicht rührte, die Fragen zu beantworten. Auf diesem Kongreß erklärte Bucharin Pasternak zum ersten Dichter (Demjan Bedny war entsetzt), beschimpfte mich und sagte höchstwahrscheinlich kein Wort über Ossip.

Im Februar 1936 war ich bei Mandelstams in Woronesh und erfuhr alle Einzelheiten seines „Falls". Er erzählte mir, wie er in einem Anfall von Geistesumnachtung durch Tscherdyn geirrt sei und meinen Leichnam mit den Einschüssen gesucht habe, was er allen Leuten mitteilte, die Triumphbögen für die Tscheljuskinbesatzung hielt er für Begrüßungen anläßlich seines Eintreffens.

Pasternak und ich gingen mit einem Gesuch für Mandelstam zu dem gerade amtierenden Oberstaatsanwalt, aber der Terror hatte schon begonnen, und alles war zwecklos.

Erstaunlich, daß sich Weite, freie Sicht, ein tiefes Atemholen ausgerechnet in Mandelstams Woronesh-Gedichten finden, wo er ganz und gar nicht frei war.

> Und nach der Atemnot erklingt in meiner Stimme
> Das Land – die letzte meiner Waffen.

Als ich von Mandelstams zurück war, schrieb ich das Gedicht „Woronesh". Es schließt:

> Jedoch in des verbannten Dichters Zimmer
> Stehn wechselnd Angst und Muse ihre Wache
> Nun kommt die Nacht
> Und einen neuen Morgen kennt sie nimmer.
>
> (Deutsch von Uwe Grüning)

Über sein Leben in Woronesh sagte Ossip: „Ich bin meiner Natur nach ein Hoffender. Daher habe ich es hier noch schwerer."

Anfang der zwanziger Jahre (1922) war Mandelstam in der Presse zweimal heftig über meine Gedichte hergefallen (Russkoje iskusstwo No 1, 2–3). Darüber haben wir nie gesprochen. Doch auch sein Lob für meine Gedichte erwähnte er nie, und ich las das erst jetzt (die Rezension zum „Musenalmanach" und den „Brief über die Russische Poesie", 1922, Charkow).

In Woronesh zwang man ihn dann mit nicht gerade sauberen Absichten, einen Vortrag über den Akmeismus zu halten. Es darf nicht vergessen werden, was er *1937* gesagt hat:

„Nicht von den Toten und nicht von den Lebenden sage ich mich los." Auf die Frage, was Akmeismus sei, antwortete Mandelstam: „Sehnsucht nach der Weltkultur."

In Woronesh lebte zu Mandelstams Zeiten auch Sergej Borissowitsch Rudakow, der leider sich nicht als so gut erwies, wie wir vermutet hatten. Er litt offensichtlich an einer Art Größenwahn, er glaubte nämlich, nicht Ossip, sondern er – Rudakow – schreibe die Gedichte. Rudakow ist im Krieg gefallen, und ich möchte sein Benehmen in Woronesh nicht weiter beschreiben. Aber alles, was über ihn kommt, muß mit größter Vorsicht aufgenommen werden.

Alles, was Georgi Iwanow in seinen Boulevardmemoiren „Petersburger Winter" über Mandelstam schreibt, ein Dichter, der ganz zu Anfang der zwanziger Jahre Rußland verließ und den reifen Mandelstam überhaupt nicht kannte, ist seicht, leer und unwesentlich. Solche Memoiren zu verfassen, ist kein Problem. Man braucht dazu weder Gedächtnis noch Beobachtungsgabe, noch Liebe, noch Gefühl für die Epoche. Die unbedarften Konsumenten sind freilich für alles dankbar, was da kommt. Schlimmer schon, wenn das in seriöse literaturwissenschaftliche Arbeiten gerät. Was macht Leonid Schazki (Strachowski) mit Mandelstam: er hat zwei, drei Bücher recht „pikanter" Erinnerungen zur Hand (Georgi Iwanows „Petersburger Winter", Benedikt Liwschiz' „Anderthalbäugigen Schützen", Ehrenburgs „Porträts russischer Dichter" von 1922). Diese Bücher beutet er bis zur letzten Zeile aus. Das Biographische gewinnt er aus dem sehr frühen Lexikon von Kosmin, Schriftsteller der Gegenwart, Moskau 1928. Dann nimmt er aus Mandelstams „Gedichten" (1928) die „Musik auf dem Bahnhof" – nicht einmal das zeitlich letzte Gedicht dieses Buches. Das wird dann zum überhaupt letzten Werk des Dichters erklärt. Das Todesdatum wird willkürlich auf 1945 festgesetzt (sieben Jahre nach dem tatsächlichen Tod am 27. Dezember 1938). Daß in mehreren Zeitschriften und Zeitungen Gedichte von Mandelstam gedruckt wurden, etwa der großartige Zyklus „Armenien" in „Nowy mir" 1930, interessiert Schazki nicht. Vorlaut verkündet er, mit „Musik auf dem Bahnhof" sei Mandelstam am Ende gewesen, kein Dichter mehr, ein kläglicher Übersetzer, verkommen, Kneipenstammgast und so weiter. Das klingt nach mündlichen Informationen irgendeines Pariser Georgi Iwanow. Und statt der tragischen Figur eines ganz seltenen Dichters, der auch in den Jahren der Woronesher Verbannung Verse von unsagbarer Schönheit und Kraft schrieb, bekommen wir einen „Stadtidioten", einen Abenteurer, ein verkommenes Subjekt vorgesetzt. Das in einem Buch, das unter der Ägide der besten, ältesten und so weiter Universität Amerikas (Harvard) erscheint, wozu wir die beste, älteste und so weiter Universität Amerikas von Herzen beglückwünschen.

Ein Kauz? Natürlich, ein Kauz. Er jagte zum Beispiel einen jungen Dichter hinaus, der sich beschweren kam, daß man ihn nicht drucke. Der verdutzte Jüngling rannte die Treppe hinunter, und Ossip stand oben auf dem Absatz und schrie ihm nach: „Und André Chénier, hat man den gedruckt? Hat man Sappho gedruckt? Und Jesus Christus gedruckt?"
Semjon Lipkin und Arseni Tarkowski erzählen heute noch mit Vergnügen, wie Mandelstam ihre Jugendgedichte heruntermachte.
Artur Sergejewitsch Lourié, der Mandelstam gut kannte und sehr treffend über Mandelstams Verhältnis zur Musik schrieb, erzählte mir (über die Jahre nach 1910), er habe einmal mit Mandelstam bei einem Spaziergang auf dem Newski eine unglaublich elegante Dame getroffen. Ossip habe seinem Begleiter spontan vorgeschlagen: „Nehmen wir ihr das alles weg und schenken es Anna Andrejewna." (Authentizität bei Lourié nachprüfen.)
Es gefiel ihm ganz und gar nicht, wenn die jungen Frauen meinen „Rosenkranz" gern hatten. Man erzählt sich, daß er einmal bei Katajews zu Besuch war und sich mit der schönen Frau des Hauses angenehm unterhielt. Gegen Ende trieb.es ihn noch, den Geschmack der Dame zu prüfen und er fragte sie: „Lieben Sie die Achmatowa?", worauf sie – natürlich – antwortete: „Ich habe sie nicht gelesen"; der Gast war außer sich, wurde ausfallend und verließ wütend das Haus. Mir hat er das nicht erzählt.
Winter 1933 zu 1934; als ich im Februar 1934 bei Mandelstams in der Naschtschokin-Gasse wohnte, wurde ich einen Abend zu Bulgakows eingeladen. Ossip war ganz aufgeregt: „Sie sollen mit der Moskauer Literatur verkuppelt werden!" Um ihn zu beruhigen, sagte ich etwas ungeschickt: „Nein,

Bulgakow ist selber ein Paria. Ich vermute, es wird nur jemand vom Künstlertheater da sein." Da wurde Ossip erst recht böse. Er lief im Zimmer auf und ab und rief: „Wie entreißt man die Achmatowa dem Künstlertheater?"

Eines Tages brachte Nadja Ossip mit auf den Bahnhof, um mich zu empfangen. Er war früh aufgestanden, durchgefroren, verbiestert. Als ich aus dem Zug stieg, sagte er: „Sie haben die Geschwindigkeit von Anna Karenina."

Das Zimmerchen (die künftige Küche), in dem ich bei ihnen wohnte, hatte Ossip Kapischtsche getauft. Sein Zimmer hieß Sapjastje (weil in diesem ersten Zimmer Pjast gewohnt hatte). Und Nadja hieß bei ihm Mamanas (unsere Mama). Warum sammeln, hegen und pflegen die Memoirenschreiber eines bestimmten Schlages (Schazki-Strachowski, E. Mindlin, S. Makowski, G. Iwanow, Ben. Liwschiz) den ganzen Klatsch und Tratsch, all diese Spießeransichten über den Dichter, anstatt sich vor einem großen, unvergleichlichen Ereignis zu verneigen, der Erscheinung eines Dichters, dessen erste Gedichte durch ihre Vollkommenheit entzücken und der von nirgendher kam?

Mandelstam hat keinen Lehrer. Darüber lohnte es sich nachzudenken. Ich kenne in der Weltpoesie nichts Ähnliches. Wir wissen, woher Puschkin und Blok kommen, aber wer sagt uns, woher diese neue göttliche Harmonie gekommen ist, die Ossip Mandelstam heißt!

Im Mai 1937 kehrten die Mandelstams nach Moskau zurück, „zu sich nach Hause", in die Naschtschokin-Gasse. Ich wohnte gerade bei Ardows im gleichen Haus. Ossip war schon krank und mußte viel liegen. Er trug mir seine neuen Gedichte vor, ließ sie aber niemand abschreiben. Er sprach viel von Natascha (Schtempel), mit der er in Woronesh befreundet gewesen war. (Ihr sind zwei Gedichte gewidmet: „Klebrig – Schwur –: die Knospen duften" und „Die leere Erde unwillkürlich streifend").

Der Terror wütete schon ein Jahr und wurde immer noch schlimmer. Bei Mandelstams war in dem einen Zimmer ein Mann einquartiert worden, der denunziatorische Berichte über sie schrieb, und es war ihnen bald unmöglich, diese

Wohnung noch aufzusuchen. Eine Aufenthaltserlaubnis für die Hauptstadt erhielt Ossip nicht. Ch. sagte zu ihm: „Sie sind zu nervös." Arbeit gab es nicht. Sie waren aus Kalinin gekommen und saßen auf der Straße. Da muß es gewesen sein, daß Ossip zu Nadja sagte: „Man muß es verstehen, den Beruf zu wechseln. Wir sind jetzt Bettler." Und: „Im Sommer haben es Bettler immer leichter."

> Noch bist nicht tot du und bist nicht allein
> Solang du mit der Freundin-ohne-Kopeke
> Die Weite dieser Ebene genießt
> Schneesturm, die Kälte, und den Nebel.

Das letzte Gedicht, das ich von Ossip hörte, war „Wie durch Kiews Straßen ..." (1937). Das kam so. Mandelstams hatten keine Bleibe. Ich behielt sie bei mir (im Fontanny Dom). Ossip machte ich das Bett auf dem Sofa und ging noch etwas holen. Als ich zurückkam, war er schon eingeschlafen, wachte aber auf und sprach diese Verse. Ich wiederholte sie. Er sagte: „Ich danke Ihnen" und schlief wieder ein. Damals befand sich im Scheremetjew-Haus das sogenannte „Haus der unterhaltsamen Wissenschaft". Man gelangte zu uns nur durch diese zweifelhafte Einrichtung. Ossip fragte mich besorgt: „Vielleicht gibt es noch einen anderen unterhaltsamen Eingang?"
In dieser Zeit lasen wir beide Joyces „Ulysses". Er in der guten deutschen Übersetzung, ich im Original. Ein paar Mal nahmen wir uns vor, über „Ulysses" zu sprechen, aber es war einem schon nicht mehr nach Büchern.
So ging es ein Jahr. Ossip war schon schwer krank, verlangte aber mit unbegreiflichem Starrsinn, daß ein Abend für ihn im Schriftstellerverband veranstaltet würde. Der Abend wurde dann sogar festgesetzt, man hatte aber offenbar „vergessen", Einladungen zu versenden und kein Mensch kam. O.E. lud Assejew telefonisch ein. Der antwortete: „Ich gehe in ‚Schneewittchen'." Als Mandelstam einmal Selwinski auf der Straße um Geld bat, gab der ihm drei Rubel.
Zum letzten Mal sah ich Mandelstam im Herbst 1937. Er und Nadja waren zwei Tage zuvor nach Leningrad gekommen. Es war eine apokalyptische Zeit. Das Unheil war uns allen auf den Fersen. Sie wußten nicht, wo sie unterkom-

men sollten. Ossip konnte kaum atmen, er schnappte mit den Lippen nach Luft. Wohin ich ging, um sie zu treffen, weiß ich nicht mehr. Es war wie ein grausiger Traum. Jemand, der nach mir kam, erzählte, Ossip Emiljewitschs Vater (der „Großvater") habe keine warmen Sachen. Ossip zog seinen Pullover, den er unter dem Jackett trug, aus und gab ihn für den Vater mit.

Mein Sohn sagt, man habe ihm während des Verhörs O.E.s Aussagen über ihn und mich vorgelesen – sie waren untadelig. Gibt es viele Zeitgenossen, die das von sich sagen können?

Am 2. Mai 1938 wurde er in der Nervenheilanstalt nahe der Station Tscherustje zum zweiten Mal verhaftet (der Terror war in vollem Gange). Zu der Zeit saß mein Sohn schon zwei Monate (seit dem 10. März) in der Schpalernaja. Unverhohlen sprachen alle von Folter. Nadja kam nach Leningrad. Sie hatte schreckliche Augen. Sie sagte: „Ich finde erst Ruhe, wenn ich weiß, daß er tot ist."

Anfang 1939 erhielt ich einen kurzen Brief von einer Moskauer Freundin (Emma Grigorjewna Gerstein): „Die kleine Freundin Lena (Osmjorkina) hat ein Mädchen zur Welt gebracht und die kleine Freundin Nadjuscha ist Witwe geworden", schrieb sie.

Von dort, wo Ossip starb, gab es nur einen Brief (an seinen Bruder Alexander). Der Brief befindet sich bei Nadja. Sie hat ihn mir gezeigt. „Wo ist meine Nadinka?" schrieb Ossip und bat um warme Sachen. Das Paket ging ab. Kam aber zurück, es hatte ihn nicht mehr lebend angetroffen.

Wahre Freunde waren für Nadja all diese schweren Jahre über Wassilissa Georgijewna Schklowskaja und ihre Tochter Warja.

Nun ist Mandelstam ein großer, in der ganzen Welt anerkannter Dichter. Bücher werden über ihn geschrieben, Dissertationen verteidigt. Sein Freund zu sein ist eine Ehre, sein Feind zu sein eine Schande. Eine akademische Ausgabe seiner Werke wird vorbereitet. Einen Brief von ihm zu finden ist ein Ereignis.

Für mich ist er nicht nur ein großer Dichter, für mich ist er auch der Mensch, der, als er (vermutlich von Nadja) hörte, wie schlecht es mir im Fontanny Dom geht, beim Abschied

auf dem Moskauer Bahnhof in Leningrad zu mir sagte: „An-
nuschka (nie im Leben hatte er mich so genannt), denken
Sie immer daran, mein Haus ist Ihr Haus ..." Das kann nur
unmittelbar vor seinem Tod gewesen sein ...

8. Juli 1963
Komarowo

RECHTS- UND QUELLENNACHWEIS

Russischer Text nach: O. E. Mandel'štam: Stichotvorenija, Leningrad 1973.

Die Rechte an den Nachdichtungen von Paul Celan gehören dem © S. Fischer Verlag GmbH, Frankfurt am Main, 1959. Die Gedichte wurden mit Genehmigung des Verlages dem Band: Drei russische Dichter. Alexander Blok. Ossip Mandelstam. Sergej Jessenin. Gedichte. Übertragen von Paul Celan, Fischer Bücherei, 1963, entnommen.

„Nicht anders nun als andre", „Ferner Blitz – das Leben fiel", „Und ich sag dir mit der letzten Ehrlichkeit" wurden mit Genehmigung des Verlages aus dem Band: Zwei und ein Apfel, Verlag Volk und Welt/Kultur und Fortschritt, 1965, abgedruckt, „Mit deinen Augen, den himmelblauen", „Mich martern zwei, drei beiläufige Sätze", „Das Stöhnen – wo?" aus: Ossip Mandelstam, Tristia, Verlag Volk und Welt, 1985. Die Rechte an diesen Nachdichtungen gehören dem Verlag Volk und Welt, Berlin.

Die Rechte an allen übrigen Nachdichtungen gehören dem Reclam Verlag Leipzig, 1975. Die Interlinearübersetzungen fertigte Oskar Törne an, dem Verlag und Herausgeber für seine Unterstützung herzlich danken.

Die Prosatexte wurden vom Herausgeber nach folgenden Veröffentlichungen übersetzt:
Lydia Ginsburg: Ossip Mandelstam. Aus: Poétika Osipa Mandel'štama; in: Izvestija Akademii nauk SSSR. Serija literatury i jazyka. Bd. XXXI, 4, 1972, S. 309–312
Ossip Mandelstam: Der Dachsbau. Aus: Barsuč'ja nora (A. Blok: 7 avgusta 1921 g.–7 avgusta 1922 g.); in: Rossija 1922, H. 1, S. 28–29
Osip Mandel'štam: Lamarck und Linné. Aus: Putešestvie v Armeniju; in: Ossip Mandelstam, Četvertaja proza. Hrsg. von V. M. Smolkin, Moskau 1991, S. 168–171
Ossip Mandelstam: Darwins literarischer Stil. Aus: Zapisnye knižki. Zametki; in: Voprosy literatury 1968, H. 4, S. 196–198
Lydia Ginsburg: Ossip Mandelstam. Aus: Poétika Osipa Mandel'štama. S. 317–318
Ossip Mandelstam: Gespräch über Dante. Aus: Izbrannoe. Hrsg. von P. M. Nerler, Moskau 1991, S. 220–222 (aus Kap. I) und S. 263–265 (aus Kap. IX)
Lydia Ginsburg: Ossip Mandelstam. Aus: O lirike. Zweite, erweiterte Auflage. Leningrad 1974

211

Anna Achmatowa: Ossip Mandelstam. Aus dem Almanach „Vozduš-
nye puti", IV, S. 23–43. New York 1965; in: Voprosy literatury
1989, H. 2, S. 182–216 (umfangreichere Fassung). In beiden Publi-
kationen unter dem Titel: Listki iz dnevnika (O Mandel'štame).
Deutsch in: Anna Achmatowa, Poem ohne Held. Herausgegeben
von Fritz Mierau. Steidl, Göttingen 1989, S. 296–320. (Wir drucken
einen nach der oben angegebenen Quelle erweiterten Text.)

Die Rechte an *Anna Achmatowa: Ossip Mandelstam* gehören dem
Steidl Verlag, Göttingen, die an allen übrigen Prosatexten dem Re-
clam Verlag Leipzig.

BIBLIOGRAPHISCHE HINWEISE

O. E. Mandel'štam: Stichotvorenija, Leningrad 1973: Die ausführlichen Anmerkungen N. I. Chardžievs enthalten genaue Angaben über die sechs Ausgaben der Gedichte Ossip Mandelstams, die zu seinen Lebzeiten erschienen:

Kamen' (Der Stein), St. Petersburg 1913. (Der Band enthielt dreiundzwanzig Gedichte.)

Kamen' (Der Stein), St. Petersburg 1916. (Der Band fügte zu den fast vollständig übernommenen Gedichten der Jahre 1908 bis 1913 weitere vierundvierzig Gedichte der Jahre 1908 bis 1915 hinzu.)

Kamen' (Der Stein), Moskau–Petrograd 1923. (Hier kamen bei anderer Anordnung zu den Gedichten der Ausgabe von 1916 vier Gedichte aus der Zeit von 1917 bis 1922 und zwei Übersetzungen hinzu.)

Tristia, Berlin 1922. (Der Band enthielt fünfundvierzig Gedichte aus der Zeit von 1916 bis 1920.)

Vtoraja kniga (Das zweite Buch), Moskau 1923. (Die Ausgabe enthielt achtundzwanzig Gedichte des Bandes *Tristia* sowie weitere fünfzehn Gedichte aus der Zeit von 1916 bis 1922.)

Stichotvorenija (Gedichte), Moskau–Leningrad 1928. (Die drei Abteilungen *Kamen'*, *Tristia* und *1921–1925* boten im wesentlichen die Gedichte der drei zugrunde liegenden Bücher, wenn auch in anderer Anordnung.)

Eine Bibliographie der Veröffentlichungen von und über Ossip Mandelstam bis 1962 findet sich in: Istorija russkoj literatury konca XIX veka–načala XX veka. Bibliografičeskij ukazatel'. Pod red. K. D. Muratovoj, Moskau–Leningrad 1963. Von der später veröffentlichten Mandelstam-Literatur sind bemerkenswert:

Achmatova, A.: Mandel'štam. In: Vozdušnye puti IV 1965 Acmeism I, II. s-Gravenhage 1974–1975

Batkin, L.: Dante v vosprijatii russkogo poēta. In: Srednie veka. Vyp. 35, Moskau 1972, S. 283–286

Baines, J.: Mandelstam: The Later Poetry. Cambridge 1976

Brown, C.: Mandelstam. Cambridge 1973

Buchštab, B.: The poetry of Mandelstam. In: Russian Literature Triquarterly 1971, H. 1

Cvetaeva, M.: Istorija odnogo posvjaščenija. In: Literaturnaja Armenija 1966. H. 1

Drozda, M.: Literární názory Osipa Mandel'štama. In: Acta Universitatis Carolinae. Philologica 4–5. Slavica Pragensia XI. Prag 1969, S. 211–221

Dutli, R.: Lichtgewinn, Luftgewinn: Die Reise an den Ursprung. In: O. Mandelstam, Die Reise nach Armenien. Übertragen aus dem Russischen und Nachwort von Ralph Dutli. Frankfurt am Main 1983, S. 129–138

Dutli, R.: Ossip Mandelstam. „Als riefe man mich bei meinem Namen." Dialog mit Frankreich. Ein Essay über Dichtung und Kultur. Zürich 1985

Dyk, J.: Poeta kultury. In: Poezija (Warszawa) 1972, H. 12, S. 67 f.

Ėjchenbaum, B.: O. Mandel'štame (14. März 1933). In: Den' poėzii (Leningrad) 1967, S. 167 f.

Faryno, J.: Cztery świątynie Mandelsztama. In: Teksty (Warszawa) 1973, H. 1, S. 42–66

Fleishman, L.: Neizvestnaja stat'ja Osipa Mandel'štama. In: Wiener Slawistischer Almanach 1982, Band 10, S. 451–459

Ginzburg, L.: O lirike. Zweite erweiterte Auflage. Leningrad 1974

Ginzburg, L.: Poėtika Osipa Mandel'štama. In: Izvestija Akademii nauk SSSR. Serija literatury i jazyka. Bd. XXXI, 4, 1972, S. 309–327

Ingold, F. P.: Werk statt Leben. Eine biobibliographische Erkundung über Osip Mandel'štam. In: Wiener Slawistischer Almanach 1982, Band 10, S. 461–469

Ivanov, L.: Dva primera anagrammatičeskich postroenij v stichach pozdnego Mandel'štama. In: Russian literatue (The Hague–Paris) 1972, H. 3, S. 81–87

Koubourlis, D. J.: A Concordance to the Poems of Osip Mandelstam. Ithaca: Cornell University Press 1974. 679 S.

Leiter, S.: Mandel'stam's Petersburg: Early Poems of the City Dweller. In: Slavic and East European Journal, vol. 22, H. 4 (1978), S. 473–483

Levin, J.: Zametki k „Razgovoru o Dante" Osipa Mandel'štama. In: International Journal of Slavic linguistics and poetics. (The Hague) 1972, H. 15, S. 184–197

Mandelstam-Heft der Russian Literature 1984, H. 15, S. 1–82

Mandelstam, N.: Das Jahrhundert der Wölfe. Frankfurt am Main 1973

Mandelstam, N.: Generation ohne Tränen. Frankfurt am Main 1975

Mandel'štam, O.: Sobranie sočinenij v dvuch tomach. Bd. 1–2, Washington 1964–1966

Margvelašvili, G.: Ob Osipe Mandel'štame. In: Literaturnaja Gruzija 1967, H. 1, S. 75–96

Mejlach, M. und *Toporov, V.:* Achmatova i Dante. In: International Journal of Slavic linguistics and poetics. (The Hague) 1972, H. 15, S. 29–75

Morozov, A.: Pis'ma O. E. Mandel'štama k V. I. Ivanovu. In: Zapiski otdela rukopisej Gosudarstvennoj biblioteki SSSR imeni V. I. Lenina. Vyp. 34, Moskau 1973, S. 258–275

Nerler, P.: Osip Mandel'štam v Moskovskom komsomol'ce. In: Literaturnaja učeba 1982, H. 4, S. 125–130

Nikolić, M.: Mit reči Osipa Mandeljstama In: Delo (Beograd) 1972, H. 8–9, S. 994–1009

Nilsson, N.-Å.: Mandel'štam and the revolution In: Scando-Slavica, Bd. 19, 1973, S. 7–16

Nilsson, N.-Å.: Osip Mandel'štam: Five poems. Stockholm 1974

Oserov, S. A.: „Tristia" O. Mandel'štama i antičnaja lirika. In: Antičnost' v kul'ture i iskusstve posledujuščich vekov. Materialy naučnoj konferencii 1982 g., Moskau 1984, S. 337–353

Pieczara, M.: Słowa, kultura, historia. In: Teksty (Warszawa) 1972, H. 4, S .174–176

Przybylski, R.: Arcadia Osipa Mandelsztama. In: Slavia orientalis 1964, H. 3, S. 243–262

Przybylski, R.: Wdzięczny gość Boga. Esej o poezji Osipa Mandelsztama, Paris 1982

Ronen, O.: An Approach to Mandel'štam. Jerusalem 1983

Segal, D.: Smyslovaja struktura „Grifel'noj ody". In: Russian literature (The Hague–Paris) 1972, H. 2

Segal, D.: Voprosy poètičeskoj organizacii semantiki v proze Mandel'štama. In: Russian Poetics. Proceedings of the International Colloquium at UCLA (Sept. 22–26, 1975), Columbia 1983

Tager, E.: O. E. Mandel'štam. In: Russkaja literatura konca XIX-načala XX v. (1908–1917), Moskau 1972, S. 314–325

Taranovskij, K.: O zamknutoj i otkrytoj interpretacii poètičeskogo teksta. In: American contributions to the seventh International Congress of Slavists. Vol. 1 Linguistics and Poetics, The Hague 1973, S. 333–360

Taranovsky, K.: Essays on Mandel'štam. Cambridge 1976

Terrass, V: Classical motives in the poetry of O. Mandel'štam. In: The Slavic and East European Journal. Fall 1966, Vol. X, H. 3

NACHTRAG ZUR AUSGABE 1993

Im vergangenen Jahrzehnt hat neben Anna Achmatowa und Marina Zwetajewa nur Ossip Mandelstam außerhalb Rußlands eine starke Zuwendung erfahren. Die beinahe zwanzig Monographien lassen ahnen, wieviele begleitende Studien in Seminaren und Journalen ihm gewidmet sind. Besonders hingewiesen sei auf die vier russischen Materialbände:

Žizn' i tvorčestvo O. E. Mandel'štama. Vospominanija. Materialy k biografii. „Novye stichi". Kommentarii. Issledovanija. Voronež 1990, 542 S.

Tvorčestvo Mandel'štama i voprosy istoričeskoj poėtiki. Kemerovo 1990.

Osip Mandel'štam. K 100-letiju so dnja roždenija. Poėtika i tekstologija. Moskau 1991, 118 S.

Slovo i sud'ba. Osip Mandel'štam. Issledovanija i materialy. Moskau 1991, 509 S.

In der Zeit seines 100. Geburtstags gewann auch die Edition und Übersetzung seiner Texte neue Intensität. In Rußland erschienen endlich große Werkausgaben, von denen die zweibändige Moskauer unter Sergej Awerinzews Leitung hervorgehoben sein soll:

Sočinenija v dvuch tomach (Tom pervyj: Stichotvorenija, perevody; Sostavlenie P. M. Nerlera, Podgotovka teksta i kommentarii A. D. Michajlova i P. M. Nerlera, Vstupitel'naja stat'ja S. S. Averinceva/Tom vtoroj: Proza, perevody; Sostavlenie S. S. Averinceva i P. M. Nerlera, Podgotovka teksta i kommentarii A. D. Michajlova i P. M. Nerlera). „Chudožestvennaja literatura". Moskau 1990

Ralph Dutli hat sich an die deutsche Übersetzung des Gesamtwerks gewagt:

Die Reise nach Armenien. Frankfurt am Main 1983

Schwarzerde. 63 Gedichte aus den Woronesher Heften. Frankfurt am Main 1984

Das Rauschen der Zeit. Die ägyptische Briefmarke. Vierte Prosa. Gesammelte Prosa. Zürich 1985

Mitternacht in Moskau. Die Moskauer Hefte. Gedichte 1930–1934. Zürich 1986

Der Stein. Frühe Gedichte 1908–1915. Zürich 1988
Über den Gesprächspartner. Gesammelte Essays 1, 1913–1924 / Gespräch über Dante. Gesammelte Essays 2, 1925–1935. Zürich 1991
Tristia. Gedichte 1916–1925. Zürich 1993
Zu beachten sind aber auch neue speziellere Anstrengungen wie Felix Philipp Ingolds Übersetzungen aus dem dichterischen Spätwerk, die A. A. Hansen-Löve in seinem Essay „Der späte Mandelstam: Felix Philipp Ingolds Übersetzung" in: Akzente, Heft 6/1990, diskutiert:
Das zweite Leben. Späte Gedichte und Notizen. Herausgegeben von Felix Philipp Ingold. München, Wien 1991 – sowie:
Über Dichtung. Essays. Herausgegeben von Pawel Nerler. Leipzig und Weimar 1991
Ossip Mandelstam (= Poet's Corner 8). Ausgewählt von Rainer Kirsch. Berlin 1992
Künftig werden von der Internationalen Mandelstam-Gesellschaft, die bei Gelegenheit der Feiern zum 100. Geburtstag des Dichters in Moskau gegründet wurde, wichtige Impulse ausgehen. Ihr Präsident, Sergej Awerinzew, und ihr Vizepräsident, Pawel Nerler, gehören zu den Vortragenden einer in Freiburg i. Br. von der Katholischen Akademie am 6. und 7. November 1993 veranstalteten Ossip-Mandelstam-Tagung, mit der eine Mandelstam-Ausstellung verbunden ist, die in Berlin Premiere hat und nach Freiburg auch in Heidelberg, Frankfurt am Main und Leipzig gezeigt wird und zu der ein reich illustrierter umfangreicher Katalog erscheint: „Ossip Mandelstam. 1891–1938. ‚Ich muß nun leben, war schon zweifach tot'".

INHALT

221

Anhang